目眩み万両

北町影同心 4

JN174639

沖田正午

時代小説

二見時代小説文庫

目次

目眩《くら》み万両——北町影同心 4

第一章　吟味与力の災難

一

上州《じょうしゅう》赤城颪《あかぎおろし》が江戸中に吹き荒れる、霜月《しもつき》中ばの夕暮れどき。

東海道《とうかいどう》に通じる日本橋《にほんばし》目抜き通りにも砂塵《さじん》が舞い、これでは商いにならぬと、道の両側に建ち並ぶ商店はどこも大戸を下ろし、いつもより半刻早い店じまいを決め込んでいた。

道行く人々は胸元を合わせ、歩く姿はみな一様に前屈《まえかが》みとなっている。

その日音乃《おとの》は、義母である律《りつ》のために新調した小袖《こそで》を引き取りに、呉服商越後屋《えちごや》へ行った帰路であった。律の誕生日の祝いとして、ささやかな贈り物のつもりであった。

小袖を包んだ風呂敷を抱《かか》え、霊巌島《れいがんじま》への家路を急ぐ。

円弧《えんこ》でできた日本橋の橋上は、ことさら強風が吹きすさぶ。北からだけでなく、日本橋川を伝わる西からの風も、足腰の弱くなった年寄りに容赦《ようしゃ》はしない。しっかりと欄干《らんかん》にへばりついていなければ、吹き飛ばされてしまいそうだ。

音乃は、橋の中ほどで動けずにいる老婆を見つけ、すぐさま近寄っていった。

「こんなひどい風じゃ、あたしなんざ凧《たこ》のように飛ばされちまうよ」

飛沫《しぶき》をあげて波立つ日本橋川を見据えながら、瘦《や》せぎすの老婆が怖がる。

「すごい風ですものねえ。でしたら、わたしの体につかまってくださいな」

右手で風呂敷包みを抱え、左手で老婆の体を支えて踏ん張りながら歩く。

橋を無事に渡りきり、南詰《みなみづめ》に下りると老婆がいく度も頭を下げて礼を言う。

「どこのお嬢さまか知らんけど、助かったよ」

後家であるも、お嬢さまと言われれば嬉しくもある。もうすぐ二十三歳に音乃はなるが、鉄漿《おはぐろ》をしていないので、見ようによれば十八くらいの娘にも取れる。

「もう、ここまでくれば大丈夫でしょう」

いく分照れくささを覚えながら、音乃は返した。

「あたしゃ、こっちの道を行くんで」

青物《あおもの》町に向かう老婆とは、その場で別れた。

音乃はそのまま通南《とおりみなみ》町の大通りを南に歩いた。通南町二丁目の辻を左に折れれば、町方《まちかた》組屋敷のある八丁堀《はっちょうぼり》をつっ切り音乃が住む霊巌島へと向かう。

曲がる辻の、半町ほど手前まで来たところであった。

「おっしょさん……」

背中で声がかかるも、自分のことではなかろうと、音乃は振り向くことなく足を止めずに先を歩いた。

「おっしょさん」

二度目の声は、明らかに自分を呼び止めるものだ。足を止めて振り向いたその瞬間、土埃《つちぼこり》を正面から浴び、音乃は咄嗟《とっさ》に目を閉じた。

「……目にごみが」

手布《しゅきん》で目のごみを取り除き、ゆっくりと細目を開けて見ると、花柄小紋の振袖を着た、十八前後の娘が立っている。顔形に覚えがあった。

「お咲《さき》ちゃん……？」

以前、針子《はりこ》の弟子であった油商『三崎屋《みさきや》』の一人娘お咲であった。

おっしょさんと呼ばれては、片腹がこそばゆい。三拾間堀《さんじっけんぼり》町の針師匠から頼まれ、留守のときに音乃が代わりとなって娘たちに裁縫を教えていただけのことである。北町奉行所の影同心となってからは、その仕事からは離れていた。

「ごめんなさい、急に引き止めたりしまして。それにしてもおっしょさん、相変わらずご親切なこと」

「あら、見ていたの。でもお咲ちゃん、そのおっしょさんて呼ぶのやめてくれない。お針の師匠でもなんでもないし……」

「音乃さんて、呼びづらいし……」

お殿さんに通じるようだと、お咲は屈託《くったく》なく笑った。以前から、笑いを絶やさぬ明るい性格の娘であった。久しぶりに出会ったが、その明るい笑いに音乃も引き込まれる心持ちとなった。

「ずいぶんと、ご機嫌がよさそうね」

「ええ。近ごろ、とてもいいことがあったの」

「お咲ちゃんの縁談でも決まったの？」

「いいえ、そんなことではありません。縁談なんて、まだ早いし……うふふ」

何がそんなに嬉しいのか、音乃は興味本位で知りたくなった。

「お咲ちゃん、たまにはお茶でもどう。四半刻《しはんとき》ほどなら、余裕があるから」

暮《くれ》六ツまでに帰ればよいと、音乃がお咲を誘った。

「あたしもそう思っていたところ。もう、埃で咽喉《のど》がカラカラ」

行きつけの甘味茶屋へと、二人は向かった。

障子戸《しょうじど》が閉まっているが、茶店は営んでいる。軒下に垂らした水引暖簾《のれん》が風に煽《あお》られ、引き千切れるほどにばたついている。


茶と串団子を注文し、緋毛氈《ひもうせん》の敷かれた長床几《ながしょうぎ》に二人は並んで座った。

「お父さまは、お元気？」

お咲の父親で、三崎屋の主《あるじ》である利兵衛《りへえ》のことは音乃も知っている。ここから三町ほど南に行った正木《まさき》町の店には、音乃も行ったことがある。お咲が忘れて置いていったものを、届けたことがあった。そのとき利兵衛が出てきてお礼にと、菜種《なたね》油を五合《ごう》ほどもらったのを今でも覚えている。そんな義理もあり、真っ先に利兵衛の近況を訊《き》いたのであった。

「はい。すこぶる元気です」

お咲の口調に屈託《くったく》がない。

「そう、それはよかった。いいお父さまですものね。一度しかお目にかかったことがないけど、商いは遣《や》り手のようだしずいぶんと恰幅《かっぷく》があって、まさに大旦那の貫禄とは、ああいうお方のことをいうのね」

菜種油を五合もらえば、このくらいな世辞《せじ》は言える。

「お父っつぁんは、痩《や》せぎすですけど……」

「あら、そうだったかしら？」

音乃の脳裏に、別の店の大旦那が重なったようだ。ばつが悪くなったか、音乃は惚《とぼ》けた口調で誤魔化《ごまか》した。

「それに、あまり商売は上手《じょうず》ではありません。遣り手だなんて、とんでもないです。借金ばかりしまくって」

これまでにこやかであったお咲の表情が、にわかに曇りをもった。余計な世辞を言ったかと、音乃は体を引いてお咲との距離を広めた。だが、すぐにお咲の表情は元へと戻る。

「そんなんで、いっときお店が傾きましたけど、でももう平気」

お咲の顔が歪《ゆが》んだのは、音乃の世辞のせいではなかったらしい。

「平気って、何かあったの？」

茶を啜《すす》り、団子を口に入れながら話が進む。

「思わぬところから大金が入って、お店《たな》も一息《ひといき》つけたところ。もう安心だと、お父っつぁんも喜んでました」

「お店を救うほどの大金て、どれほどなの？」

口にしてから余計なお世話と気づいた音乃は、咄嗟《とっさ》に口を閉じた。

「五千両ほど舞い込んだみたい……」

しかし、お咲は躊躇《ちゅうちょ》することなくその額を言った。音乃が相手だったので、気を許したのかもしれない。

「ごっ、五千両ですって！」

よほど大きな商談がまとまったかと思ったものの、三崎屋の庶民相手にこつこつとやる商いでは、一時《いっとき》に五千両の儲《もう》けが出ることなどあり得ないだろう。しかも、お咲は思わぬところからと言っている。出どころはどこかと訊こうとしたが音乃は、思い止《とど》まった。それこそ、余計なことである。だが、お咲のほうから答が返る。

「なんですか、お父っつぁんが言うには『富くじ』に当たったとか。いや、いけない。絶対他人《ひと》には喋るなって言われてたんだ」

口にしてから、お咲は自らの失言に気づいた。富くじに当たると、やたら人に話したくなるという。だが、一方では秘密にしておかねばとの気持ちが引っ張る。心の葛藤が神経をすり減らすと、音乃は以前高額が当たった人から聞いたことがある。

「安心して、わたしの口は固いから。誰にも話さないと約束するから」

言いながら音乃は、ふと脳裏によぎることがあった。

――五千両などと、そんな大きな賞金が当たる富くじってあったかしら？

音乃の頭の中に思い浮かぶのは、一等がせいぜい百両か大きくても三百両である。

「……千両富ってのも、あったかしら？」

お咲には聞こえぬほどの声音《こわね》で、音乃は呟《つぶや》いた。一時は禁止されていたことのある富くじも、文化文政《ぶんかぶんせい》の御世《みよ》になってその数は飛躍的に増えた。多くは神社仏閣の修繕などを名目にして公許《こうきょ》を得、江戸府内はむろん、全国各地で広がりを見せていた。数多《あまた》ある富くじでも、五千両どころか千両も当たるものは音乃の記憶にない。

「でも、お店が立ち直ってよかったじゃない」

音乃は、思いを内に止めて満面に笑みを浮かべた。

「ええ、まったく。これを機に、お父っつぁんにはもう借金をしないでほしいわ」

よほど多額の借金があったのだろう。お咲の声音《こわね》には、心底から安堵した思いが宿っていた。

障子戸の外が、薄暗くなってきている。冬の日は、あっという間に西に傾いていく。

「あら、暮六ツが近いわ。もう、帰らなくては」

茶を啜り終え、団子も串だけとなって音乃が先に腰を上げた。久しぶりにお咲と会えたものの、話題は終始利兵衛のこととなった。

茶代は音乃の奢《おご》りであった。またお会いしましょうと約束し、二人は通南町二丁目の辻で別れた。

霊巌島は川口《かわぐち》町の一軒家に、音乃は義父である巽《たつみ》丈一郎《じょういちろう》と義母の律と共に住んでいる。

この年の二月《きさらぎ》、音乃の夫であった真之介《しんのすけ》が夜盗の凶刃《きょうじん》に倒れてから後家になるも、実家には戻らず居を共にしていた。それには理由《わけ》がある。『北町の閻魔《えんま》』と異名《いみょう》を取った真之介の、定町廻《じょうまちまわ》り同心としての遺志を音乃は引き継ぐことにあった。ただし、女では町方役人にはなれない。そこに、北町奉行榊原忠之《さかきばらただゆき》からの打診があった。

「――江戸広しといえど、これほどの女はそうはおるまい」

北町奉行榊原の、音乃への惚れ込みようは尋常ではなかった。すでに臨時《りんじ》廻り同心から引退した丈一郎と共に、奉行直属の配下として北町影同心の命《めい》を賜《たまわ》ったのである。

あくまでも『影』であり、その存在は奉行所の内外でも極一部の者にしか知られていない。町方では管轄外の、手をつけられぬ事件の真相を暴き出すというのが二人に課せられた使命であった。

これぞ天職とばかり『閻魔の女房』として、自らの生きる道を音乃は見い出したのである。

暮六ツを報せる鐘が、四つ目を撞《つ》き終えたところで音乃は家の遣戸《やりど》を開けた。

「ただいま戻りました」

奥に向けて声を飛ばすと、律が戸口先へと出てきた。一段高い式台《しきだい》に立って、音乃を出迎える。

「遅くなって申しわけございません」

「どこに行ってたの？」

行き先を告げずに音乃は出かけた。律は、不機嫌そうな表情で音乃を見やった。

「風が強くて寒かったでしょう。早くお上がりなさい」

律が顔をしかめていたのは不機嫌からではなく、音乃の身を案じていたからだ。労《ねぎら》う言葉でもって、その心根が分かる。

「夕ご飯もできてるし、お義父《とう》さんがお待ちかねよ」

音乃相手に晩酌をするのが、丈一郎の楽しみでもあった。

「お義父さま、ただいま戻りました」

律の手で夕餉《ゆうげ》の仕度は整えられている。居間ではすでに丈一郎が箱膳を前にして、手酌で酒を呑《の》んでいた。

「おお、帰ってきたか。早く着替えてきなさい」

埃で汚れたよそゆきの小袖から、普段着に着替えて音乃は夕餉の膳についた。

「夕飯をいただく前に、お義母《かあ》さまにこれ……」

風呂敷包みを律の前に差し出した。多少照れくささもあり、顔を丈一郎に向けて、酌をしながら律の反応をうかがった。

紺《こん》地に白く花柄小紋が抜かれた小袖を手にし、「ううっ……」と、律の口から嗚咽《おえつ》が漏れた。

「お義母さまのお誕生日と思い……日本橋の越後屋で新調してまいりました。それで出かけてましたの」

「ありがとう」

律は、声にするのが精一杯であった。

「お気に入って、いただけましたかしら？」

「ええ、もちろん。音乃さんて子は……」

律からそれ以上の言葉を聞くのは、なんとなく気恥ずかしくもある。丈一郎は二人のやり取りを、気にする素振りもなく酒を呑んでいる。

音乃は、丈一郎と言葉を交わそうと、銚子《さしなべ》の口を差し出した。

「ところでお義父さま……」

もう一献と、酌をしながら音乃が切り出した。

「何かあったか？」

「いえ、何かというのではなく……お義父さまは、五千両が当たる富くじって聞いたことがございますか？」

お咲との約束で、三崎屋利兵衛の名は口に出さずに訊いた。

「五千両……？　そんな大金が当たる富くじなんて、聞いたことがないな。律は、知っておるか？」

「いいえ」

律の気持ちは、二人の話に向いていない。小袖を身に当てながら、気のない返事をした。

「それが、どうかしたのか？」

「いえ。そんな富くじがあるかって、他人《ひと》から訊かれたものですから」

「そんな富くじがあったら、ぜひとも当てたいものだな」

「まったくでございます」

　この場では、富くじの話はそれまでとなった。いつしか五千両が当たる富くじのことは、音乃の脳裏から薄れていって三月《みつき》ほどのときが経った。

二

　年も明け、文政八年の正月も過ぎた二月半ば。

　梅の花は咲きそろうも、春の風はまだ冷たく頬を刺す。三寒四温《さんかんしおん》を繰り返す、そんな日和《ひより》のころ。真之介の一周忌の法事を十日後に控え、音乃は菩提寺《ぼだいじ》の僧侶の手配やら、親類縁者への案内と慌《あわただ》しい日々を過ごしていた。

　その日の昼下がり、音乃は法事の案内状を渡そうと、一番与力である梶村《かじむら》の家へと向かった。霊巌島から亀島橋《かめしまばし》で堀を渡ればそこは八丁堀である。町奉行所の組屋敷があり、八丁堀の旦那と呼ばれる与力や同心が多く住む一帯であった。夫真之介が生きていたときは、音乃もそこの住人の一人であった。梶村の家は、亀島橋から二町ほど行ったところにある。

水谷町《みずたにちょう》の町屋を過ぎて、音乃は八丁堀の武家地に差しかかった。

黒塗りの板塀から、白梅の枝がせり出している。そこに、一羽の鶯《うぐいす》が止まっているのが音乃に見えた。見た目は春を実感するも、鶯の啼《な》き声はない。冬が戻ったような風の冷たさに、鳥たちもいささか元気を失っているようだ。

四辻をつっ切り真っ直ぐ行けば、梶村の屋敷にはあと半町ほどである。音乃は辻の中ほどまで来ると、人の気配を感じて顔を右に向けた。すると、一町先に人だかりがしている。別に急ぎの用事ではない。音乃の好奇心が、足を人だかりに向けさせた。

「……ここは浜岡《はまおか》様のお宅」

板塀に横木を渡した冠木門《かぶきもん》の前に立ち、音乃は小さく呟いた。音乃も知る、吟味与力浜岡光太郎《こうたろう》の家の門前であった。十人ほどの人だかりは、みな女である。夫を仕事に送り出した町方の新造《しんぞう》たちが、好奇心旺盛とばかりに、開いた戸口から家の内部をうかがっていた。その顔が、一様に歪んだ表情をしている。

「何かございましたの？」

音乃が、新造の一人に背中から声をかけた。

「あら、音乃さん……」

八丁堀に住んでいたころの、知り合いであった。

「ごぶさたしております。浜岡様の家で、何かございました？」

「それが浜岡様のご主人、今朝方お亡くなりになったそうで……」

「えっ！　あの、お若い浜岡様がですか？」

驚嘆で、音乃の声音が裏返った。

音乃も浜岡光太郎のことは知っている。生きていれば真之介と、たしか同じ齢《とし》である。妻の名は、志保《しほ》といった。志保は音乃と同じ齢と聞いている。親近感はあったものの、片や与力で、真之介は同心である。家同士での付き合いはない。

野次馬で群がっているのは、同じ組屋敷の住人たちである。つっ立っているだけで、なぜに弔問《ちょうもん》に訪れないと音乃は訝《いぶか》しく思った。すると、すぐその理由《わけ》が知れる。

「なんですか、普通の死に方ではないらしいの……」

普通の死に方とは、言い方がおかしい。

「いったい何が……？」

首を傾げて、音乃が問うたところであった。玄関の遣戸《やりど》が開いて、中から数人の町方役人が出てきた。中に、筆頭与力の梶村の顔も見える。肩衣《かたぎぬ》に平袴《ひらばかま》の、普段出仕《しゅっし》する恰好であった。苦渋《くじゅう》で顔が引きつっている。

「皆さんは、引き上げてくださいな」

門前でかたまっている町方の新造たちに、同心らしき男が声をかけた。追い払うにしても、同じ組屋敷に住む者としては、居丈高《いたけだか》には応じられないのであろう。町人に向けるものと違い、口調がへりくだっている。

音乃は梶村に小さく会釈を向けた。すると、梶村からも無言のうなずきがあった。それはよく見ていないと気づかぬほどの、小さな所作であった。ここでは互いの関わりを知られたくないとの、意思表示でもある。梶村は、音乃に目を向けることなく前を通り過ぎた。

群がっていた野次馬は、役人たちがいなくなると同時に引き上げ、浜岡の家の前には誰もいなくなった。音乃もその場から離れ、梶村の家へと向かった。

そのまま奉行所に戻ったのであろう、梶村は屋敷にはいない。

梶村の妻である房代《ふさよ》に法事の案内状を手渡し、用事を済ませると音乃は何も語らず梶村の屋敷をあとにした。たとえ妻であっても、梶村が語らないことを音乃は口にすることができない。そのくらいの分別がないと、影同心としては失格である。

音乃は家に戻るとさっそく、義父である丈一郎に、浜岡の一件を告げた。

「なんだと、浜岡様がか……？」

年下であっても、相手は与力である。丈一郎も身分の差は心得、言葉に分別があった。

「若いだろうが、なぜに亡くなったと？」

「そこまでは、存じ上げません。ただ、梶村様が家の中から出てこられまして、大変難しそうな顔をしておられました」

「そうか、梶村様がその場に居合わせたか」

顎《あご》に手をあて、考える風に丈一郎は小声を発した。

「梶村様が出向くということは、何か深い事情《わけ》でもあるのでしょうか？」

五十二歳となり、鬢《びん》に白髪が目立つ丈一郎に向けて音乃が問うた。

「ああ。浜岡様の死は、尋常《じんじょう》なものではないようだな」

「尋常なものでないとおっしゃいますと……？」

「事故や病による急死ではなさそうだ」

「となりますと？」

「自害か殺しということだ。音乃の話だけでは、どちらとも言えん」

近在に住む新造たちのひそひそ話では、どちらであったかはうかがえない。

「いずれにしても、北町奉行所が解明するであろうよ。お若いのに、気の毒なことだ」

丈一郎の話はここまでであった。野次馬のように、必要がなければ余計な詮索《せんさく》はしないのが建前である。

音乃は、浜岡の死もさることながら、その妻である志保のことが気がかりであった。同じ齢で夫を亡くす。同じ身の上に、深く哀惜《あいせき》の念を抱かずにはいられない。

「……ご葬儀に参列しようかしら」

せめて線香を手向《たむ》けて弔《とむら》いたい。そんな思いが呟きとなって出た。

「いや、やめとけ」

音乃の呟きが聞こえ、丈一郎が首を振って止めた。

「志保さまがお気の毒で……」

「音乃の気持ちは分かるが、そっとしておいたほうがよい。奉行所での調べとなれば、梶村様もこちらには何も言ってこんであろう。表向きは奉行所と関わりがないわしらとしては、やたらと顔を出さぬほうがよいかもしれんしな」

余計なことに首をつっ込むなというのが、丈一郎の言い分であった。

「分かりました。それにしても、志保さまがおかわいそう」

「真之介と、同じ齢だとなあ」

倅《せがれ》を失くした父親の、感慨深げな声音であった。

大まか法事の準備を整え終えた、二日後の夜。

「これで、あとは法要を待つだけですね」

音乃が口にする。

「僧侶の手配も済んだし、大方のところに案内状も出した。漏れていることはないだろうな？」

「精進の料理屋さんにも話をつけましたし……」

丈一郎の問いには律が答える。夕餉を済ませ、くつろぎながらの会話であった。

巽家の三人に、ほっと一息ついたと安堵の思いが宿る。

「お義母さま、肩でもお揉みしましょうか？」

「ああ、ありがたいねえ。音乃の手が、一番気持ちいいから」

律の背中に音乃が回り、肩を叩き出したところであった。トントントントンと、音がするのは肩叩きではない。戸口の遣戸が、音を立てている。

「誰かしら？」

「いや、わしが出る。そのまま肩を揉んでてやりなさい」

音乃が腰を浮かすのを丈一郎が止めて、戸口へと向かった。客は、梶村の下僕である又次郎《またじろう》であった。

「今夜か、さもなければ明朝六ツまでに来ていただきたいと、主《あるじ》からの伝言でございます」

すでに六ツ半はとうに過ぎている。宵《よい》五ツを報せる鐘が間もなく鳴ろうとしている刻限であった。

「今夜ですか……少々待っていただけますかな？」

返事を又次郎に持たせなくてはならない。

「はい」

丈一郎が居間に戻ると、音乃の肩揉みに律がうっとりと至福の表情を浮かべている。その様子に、明朝にしようと丈一郎の思いは決まった。

「どなたでしたの？」

問うたのは、律であった。

「梶村様からの使いだ。今夜か明朝に来てくれとのことだ」

「でしたら、今夜にでも行かれましたら。影同心の御用でございましょ。一刻でも早いほうが……」

律の言葉に、丈一郎がうなずく。

「音乃は、どうする？」

「肩揉みが途中になりますが、よろしいですか？」

「あたり前でしょう。わたしの肩より、御用のほうが大事でございます。それに、ずいぶん楽になったし」

律の話をみなまで聞かず、丈一郎は戸口へと戻った。

「すぐに仕度《したく》をしてきます」

待たせている又次郎に、丈一郎の返事であった。夜道は物騒《ぶっそう》と、三人して梶村の屋敷に向かうこととなった。

三

「今夜中に来ると思っておったぞ」

群青《ぐんじょう》色の小袖に着替えて、梶村が待っていた。

律の言葉に従ってよかったと、丈一郎は冷や汗を垂らすと同時に、ほっと安堵する思いであった。

北町奉行所一番組筆頭与力の梶村と向かい合い、丈一郎と音乃が並んで座る。六畳の、家に戻ってからも梶村が仕事をする書斎であった。

今まで仕事をしていたのか、部屋の隅に置かれた文机《ふづくえ》の上には、調書《しらべがき》などの書類が開いたままに載っている。

「こんな遅くにすまぬな。明朝でもよかったのだが……」

「いや。お呼びが遅いということは、それだけ火急《かきゅう》のことかと。急ぎ、飛んでまいりました」

明朝にしようと一度は思ったが、その心根を丈一郎は隠した。

「それで、御用の向きとは……？」

丈一郎の問いに、梶村の顔は音乃に向いた。

「先だってはすまなかったの」

何を梶村が謝っているのか、音乃には分からない。返事に迷ったものの、何か言葉を返さなくてはならない。音乃が思いつくのは、浜岡の家の前でのことだ。

「もしや、浜岡様のことでございましょうか？」

しかし、それと御用の向きが結びつくとは予想だにもしていない。

「左様。あのとき浜岡の家の前に立っていたが、他の者の手前声をかけなんだ。音乃はなぜ、あの場に居合わせた？」

「ただの、野次馬としてか。そのとき音乃に、何か思い当たることはなかったか？」

「野次馬としてでございます」

「一番与力の梶村様が、家の中から出てきたのには少々驚きました。浜岡様の死に、深い事情《わけ》を感じた次第です」

「なるほどの。それで、今宵二人を呼んだのはだ……」

居住まいを正して、一旦梶村が言葉を置いた。

音乃と丈一郎は体をいく分乗り出し、梶村の次の言葉を待った。指令が下されると思ったからだ。

梶村もいく分体を前に倒して、三人の頭が近づく。

「浜岡の死についてなのだが……」

声音をぐっと抑えて、梶村が切り出す。一言も聞き漏らすまいと、音乃はさらに前屈みとなり、丈一郎は顔を横にして、右の耳を梶村の口に向けている。

「奉行所では、浜岡の死を自害と殺しの線で追っていたのだが、突然のお奉行の命令で探索を打ち切ることとなった」

「お奉行様が、探索を止めたのですか？」

丈一郎が、眉間に皺《しわ》を寄せ怪訝《けげん》そうに問うた。吟味与力という、奉行所でも要職につく者の不審死である。奉行自らの言葉でもって探索から手を引くとは前代未聞《ぜんだいみもん》のことだ。少なくとも、丈一郎が現役のときにはなかったことである。

北町奉行榊原主計頭《かずえのかみ》忠之の意図が分からず、音乃も丈一郎同様に首を傾げた。すると、梶村が懐に手を入れ一通の書状を取り出した。

「これを読んでくれ」

丈一郎と音乃が読めるよう、二人の膝の中ほどに書状が広げられた。

「これは……」

一目で読んで、丈一郎が驚愕した目を梶村に向けた。音乃の目は、ずっと書状に向けられている。『――浜岡の命はいただいた　北町奉行所がこの一件から手を引かねば首は無きものとおもえ』と、黙読をしている。

「お奉行宛に届けられたものだ」

梶村の、苦渋を嚙み殺したような声音であった。

「するとこれは、お奉行様への脅迫状……？」

音乃と丈一郎の目が吊り上がり、驚きの形相である。

「ああ、そういうことだ」

「ここに書かれております、この一件と申しますのは……？」

「お奉行は、覚えがまったくないと言う。むろん、わしもだ。この一件のこのという意味が、さっぱり分からん」

書状に指を伸ばしながらの丈一郎の問いに、渋い表情で梶村が答えた。

「それはそうだろう。世の中のどこに意味もなく、北町奉行に脅迫状など送りつける奴がおる。端《はな》のうちはお奉行も捨て置けと申されたのだが、にわかに心変わりがしての、浜岡の件は丈一郎と音乃に任せよとおっしゃるのだ」

「ですが、梶村様……」

音乃が訝《いぶか》しげな顔をして、口をはさんだ。

「言いたいことがあれば、なんなりと申せ」

「書状の内容からして、浜岡様は誰かに殺されたものと。殺害されたとならば、奉行所は威信を込めて下手人《げしゅにん》を捜し出すのではございませんか？　こんな送りつけくらいで、手を引かれますとは……」

表向きは部外者である丈一郎と音乃に探索を委《ゆだ》ねるとは、奉行所としては真逆《まぎゃく》の判断である。真意のほどが分かりかね、音乃は問うた。

「腑《ふ》に落ちないと、音乃は申すのだな？」

「はい」

「それと、よろしいですか？」

丈一郎からも、疑問がぶつけられる。

「浜岡様が殺害されて手を引いたとなると、対外《よそ》にはどう釈明をなされるのでございましょうや？」

「なんなりと……」

「浜岡は、自害ということで一件落着とした」

「探索に当たっていたお役人さまたちには、どうご説得をなされまして？」

「実際に浜岡は、死ぬ数日前からかなり気持ちが塞《ふさ》いでいたようだからな。心労が祟《たた》ってということにした。渋々ながらも、みな得心《とくしん》をしてくれた」

親族の願いもあって、葬儀は密葬であった。真之介のときは殉死ということで、奉行所が葬儀の音頭を取ってくれた。奉行榊原の参列もあったし、同じ葬儀でもずいぶんと様子が異なった。

「お奉行宛に脅迫状が届いたなどと、表沙汰にはできんからな。そんな事情《わけ》で、二人に浜岡殺しの真相解明を委ねることになった。お奉行からの、影同心への密命である。しかと申し渡したぞ」

嫌とは拒めぬ、奉行榊原からの厳命であった。

この日の夕、北町奉行榊原と筆頭与力梶村との密談が交わされていた。

「――これは奉行所の者には絶対語れぬことだが、そなただけには知っておいてもらいたい。実は、浜岡は殺されたのだ」

「なんですと！」

「大きい声を出すでない」

「はっ」

「さすればこの一件の解明を、丈一郎と音乃に託そうと思っている」

「なぜに、二人に？」

「今も申したとおり、奉行所の者には内密にせねばならぬほどの事件であるからだ。表立って、町奉行所では手に負えぬということだ」

「いったい、どのようなことでございましょうか？」

「すまぬが、今は梶村にも詳しくは語れぬ。ただ、一つだけ言えることは、途轍《とてつ》もない大物が絡んでいるらしいということだ」

「途轍もない、大物ですか。となりますと、ご老中……？」

「いや、それどころでは……」

首を振りながらも、榊原は言葉を止めた。

「となりますと、将軍家がお関わりに……?」

梶村の声音も、ぐっと低くなる。

「証《あか》しがない限り、滅多なことは言えぬ。ただ、そのことだけは頭に入れておいてくれ」

「はっ……」

「それで、わしの言うとおりに、音乃と丈一郎に伝えてくれぬか」

このとき脅迫状も差し出され、榊原からの手はずを聞き取ったものの、梶村の首が傾いでいる。

「かしこまりましたが……」

奉行榊原の言ったことをそのまま伝えても、音乃と丈一郎は戸惑うばかりであろう。梶村さえ聞き渋ったほどだ。

「これだけの手がかりで解明せよと、お奉行はおっしゃいますので?」

「ああ、そうだ。難しいのは承知だが、ここは二人に賭《と》すことにした。また、音乃と丈一郎にしか任せられんことなのだ」

奉行榊原の、二人に対する信頼の大きさに、梶村も得心せざるを得ない。

「承知仕《つかまつ》りました」

榊原からの手はずを、梶村は自分の考えを多少織り交ぜて、そのまま伝えたのであった。


しかと申し渡したと言われても、どこをどう探ってよいのか見当すらおよばない。

丈一郎と音乃が、顔をしかめて考えているところに梶村の一言があった。

「いずれとっても、書状に書かれている『――この一件』というのが関わることだ」

「このというのを、探り当てればよろしいので……？」

「まさに、音乃の言うとおり。さすれば、浜岡殺しの真相が解けようというものだ」

――さすがお奉行の眼鏡に適《かな》っている。

ツボを踏んだと、音乃が返す一言に梶村は感心する思いとなった。

言葉で表すのは簡単だが、このという二文字が、ずいぶんと厄介《やっかい》なものなのだ。音乃は大きなため息を一つ吐《つ》いた。

浜岡は何を探っていたのか？　それが一存でなのかどうか？　なぜに殺されたのか？　奉行榊原の深い考えとは？　奉行宛に脅迫状を差し出したのは誰なのか？

少し考えただけでも、疑問が山済みとなった。

与力の梶村でさえ、何一つ問いに答えることができない。

手がかりが何もないまま、音乃と丈一郎は真相解明に乗り出すことになった。

「浜岡様が殺され……いや、亡くなっていた現場はどちらで？」

とりあえず、そこから探らなくてはならない。

「二日前の早朝……」

丈一郎の問いに、梶村から遺体発見当時の状況が語られる。

二日前は、朝から北からの冷たい強風が吹く日であった。

隅田川《すみだがわ》の川面は一面に白波が立ち、普段は鏡面のような穏やかな流れが一変していた。江戸湾は時化《しけ》て大波が打ち寄せ、大川《おおかわ》までも荒れ様相となっていた。そのために、川を行き交う舟は少なく、とくに猪牙舟《ちょきぶね》などの川舟の姿は皆無であった。

荷物を積んだ大型の帆船が、逆風に逆らい江戸湾から大川を遡《さかのぼ》っていく。永代橋《えいたいばし》から下流二町ほどのところに、霊巌島は銀《しろがね》町の町屋と福井《ふくい》藩松平《まつだいら》家の下屋敷を隔てる、川幅三間ほどの堀がある。越前堀《えちぜんぼり》と呼ばれる、細い濠《ほり》である。大川との合流個所は石積みの護岸がされている。そこから南へおよそ四町にわたり、福井藩下屋敷の塀が大川沿いにそそり立っている。

　霊巌島は、江戸の初期の寛永《かんえい》期に僧侶霊巌によって埋め立てられたとされている。そのときの工事の名残《なごり》が、大川の縁につき出している木杭に残っている。埋め立て普《ふ》請《しん》の足場として埋められたものであろう。

　川面から、二尺ほどつき出た木杭に人らしきものが引っかかっているのを、川の中ほどを、上流に向かって進む荷船の人足が目にした。

「――お頭《かしら》、あれはなんでしょうね？」

　人足がお頭と言ったのは、荷船を操る船頭のことである。

「ありゃ、人じゃねえか。船を岸のほうに寄せろ」

　帆の向きを自在に操り、荷船は左に舵《かじ》を取って岸に近づいた。

　杭に引っかかっているのが男の骸《むくろ》と知り、船頭は永代橋の袂《たもと》にある桟橋に船をつけさせ、乗員の一人を最寄《もより》の番屋へと向かわせた。

　四半刻ほどして岡っ引きと、その手下が駆けつけて来たものの、すぐに身元が判明するものではなかった。

　骸は侍であった。袴《はかま》は穿《は》いてなく、鼠《ねずみ》色した千本縞《せんぼんじま》小袖の着流しである。襦袢《じゅばん》は小袖と色を合わせた洒落《しゃれ》た装いであった。月代《さかやき》はきれいに剃られてあるものの、髷《まげ》の元《もと》結《ゆい》は解け長い髪が顔に巻きついている。一見は家禄のある武士のようだが、粋でとおした浪人にも取れる。

着衣に裂け目はなく、身体にもこれといった外傷は見当たらない。斬殺や、刺し殺されたのでないことは分かる。顔面も殴られたような痕《あと》もなく、死骸にしてはきれいな面相であった。一つだけ傷らしきものがあるとすれば、右の肩口から首にかけて、広く打撲のような痣《あざ》ができている。棒で殴られたりした痕ではない。それが何によっておよぼされたのか、検死をする岡っ引きには判別がつくものではなかった。

流されたのか、刀は腰に差してはいない。身元を明かすものは、何も身につけてはいなかった。

「……これは自害だな」

一言呟き、現場での検死はぞんざいなものとなった。殺しと自害では、これからの探索に力の入り方が違う。

とりあえず、骸を番屋に運ぼうと戸板に乗せ、全身に莚《むしろ》を被《かぶ》せたところであった。

「おや？」

何かに思い当たる節があったか、岡っ引きが被せた筵を剝《は》ぎ、まじまじと遺体の顔を見据えた。おざなりの検死で、面相まではあまり見ていなかったようだ。それと、生存時と死相は異なりがある。ましてや、水にふやけた溺死体である。

「どこかで、見たことがある顔だな。もしや……？」

いつも見合わせる顔ではない。ただ、覚えがあるというだけで遺体が誰かと、岡っ引きでは言い切る自信はなかった。

報せはすぐに北町奉行所にもたらされ、駆けつけたのは二番組吟味与力の原山《はらやま》であった。

「――吟味与力の浜岡様に似ている」との報せで、同僚である原山が現場へと赴《おもむ》いたのであった。

毎日顔を見合わせている同僚である。

「浜岡に、間違いがない。おい、このことは黙っておれ」

岡っ引きたちには念を押し、原山は固く口を閉ざした。

四

音乃と丈一郎に向けて、梶村は経緯を説いた。

「浜岡死去の報せは、すぐにわしに届いての。奉行所の要職である吟味与力の不審死だ。遺体を番屋に置くと、騒ぎが大きくなる。なるべく分からぬようにして、浜岡の屋敷へと直《じか》に運んだのだ。奥方の志保どのには、当初は事故死としておいたが……」

梶村はひとしきり語ると、言葉を置き、フーッと一つ大きな息を漏らした。そして、すぐに言葉をつづける。

「だが、事故死とするには早計だ。というのも、数日前から浜岡の様子がおかしかったからだ。原山の話では、かなり塞ぎ込んだ様子だったという。それに、誤って川に落ちるほどそそっかしくはなかろう。酒はたいして呑まぬ男だったしの。そんなんで、奉行所では殺しと自害の両方から追っていた。そこにもってきての、お奉行への書状である。これで殺害が明らかになったが、ますます表沙汰にはできなくなった。そこで、志保どのには自害ということで調べがついたと告げた」

「志保さまが、お気の毒でございます」

袷《あわせ》の袂を目尻にあて、音乃が梶村に訴えるように言った。

「わたしが志保さまの代わりになって、意趣を晴らして差し上げます」

意気込むものの、影同心であることは絶対の内密である。浜岡の身辺を探るなら、どうしても志保に聞き込みをせねばならない。一介の隠居と後家が、町方役人のように根掘り葉掘りと探ろうものなら変に思われるだけだ。策を練る必要があると、音乃は自らの心に語りかけた。

「ところで梶村様……」

　丈一郎が、問う。

「奉行所では、浜岡様の死をどこまで探っておられたのですか？　ええ、お奉行様の止めがかかる前までの経緯をお聞かせいただければ……」

「まったく進展がなかったのはたしかだ。どこでどう殺され、なぜに福井藩松平様のお屋敷近くの杭に引っかかっていたのかもな。当初は志保どのも、憔悴《しょうすい》しきってまともな口は利《き》けんであった。なんせ、いきなり夫の遺体を運び込まれてはな、仕方がなかろう。そういうことで、すべてはまっさらなところからはじめるがよかろう」

　奉行所からの引き継ぎ事項は、ほとんどない。まったく一から探ることになるが、余計な知識はないほうが与《くみ》しやすいと、音乃としてはむしろありがたくもあった。

　梶村のところには、およそ半刻ほどの滞在であった。

　とっぷりと夜も更け、寝静まったか明かりの漏れている家はほとんどない。一張《ひとはり》のぶら提灯《ちょうちん》で足元を照らし、音乃と丈一郎は霊巌島の家へと足を向けた。互いに考えごとをするか、帰路は無言であった。

　四辻に差しかかると、一匹の野良猫が逃げるように走り去っていくのが見えた。猫が逃げる方向の、一町先に浜岡の屋敷がある。後家となった志保が独り、心細い思いで一夜を過ごすのであろう。

音乃は浜岡の屋敷のほうに顔を向けると、にわかに立ち止まった。

「どうした、音乃？」

「志保さまが、お気の毒と思い……」

夫を殺された同じ境遇を思えば、音乃の気持ちは張り裂けんばかりであった。

「音乃にしか、その悔しさは分からんだろう。だが、今夜はもう遅い」

町木戸が閉まる、夜四ツに近い時限である。江戸の町はとうに寝静まるころに、他人の家を訪れるのはいささか常軌を逸している。逸《はや》る音乃の気持ちを宥めるように、丈一郎が言った。このとき音乃は考えていた。

――どうやって、志保さまから聞き出そうかしら？

考えがまとまらないまま、暗い夜道を再び歩きはじめた。

明《あけ》六ツに起き、四半刻ばかりを朝稽古に費やすのが、音乃と丈一郎の日課であった。影同心としての鍛錬でもある。

五十二歳となった丈一郎は、音乃相手の剣術稽古で元のたくましい体軀を取り戻していた。むしろ、剣の腕は現役のときより上回っているようだ。

一夜が明けると、日差しが眩しい朝となっていた。久しぶりの春の温もりに、小鳥たちのさえずりも一際大きく聞こえてくる。ホーホケキョと美声を発し、鶯も機嫌よく啼いている。

朝稽古を済ますと、朝餉までは界隈の散歩となる。足腰が衰えては、使命が務まらないと、やはり四半刻を速足で歩くことにしている。

この日は、歩くに目的の場所があった。

巽家がある川口町から、浜岡の遺体があった現場までは、霊巌島を斜めにつっ切る形になる。その距離は、直線にして五町ほどであろうか。

福井藩松平家の下屋敷を半周する形で回り、銀町の越前堀沿いを歩いた。つき当たりは大川の、広い流れである。十間ほど先の川淵はすぐに下屋敷の海鼠塀《なまこべい》である。足場の幅もなく、陸《おか》からは近づくことができない。塀の角にあたる大川に、数本の杭がつき出している。浜岡の骸が引っかかっていたのは、その杭だと知れた。

三日前は、川は荒れに荒れていた。川から舟で遺体を引き上げるには、無理な状況であったことが推測される。

「どのようにして、浜岡様の遺体を引き上げたのでしょうか？」

音乃がふと思い浮かべた疑問を、丈一郎に問うた。

「さして、難しいことでもなかろう。今いる岸壁に舟を舫《もや》い、縄で結んで護岸伝いに行けば、たとえ急流であっても流されることなく、遺体を引き上げることができよう」

なるほどと、音乃がうなずきを見せた。

さて、なぜにこんなところで浜岡は引っかかっていたのか。誰かが連れてきて、ここに捨てていったとは到底思えない。となると、どこかから流れてきたことになる。

「あそこから、落とされたのかしら?」

音乃が目にしているのは、二町ほど上流に架かる永代橋である。十八年前の文化四年八月、群衆の重みに耐えきれず落橋事故を起こし再架された橋であった。およそ百間《けん》先の、対岸の景色は深川《ふかがわ》である。

「音乃は、永代橋から浜岡様は落ちたと思っておるのか?」

「落ちたというよりも、落とされたものと……」

「あんな高いところから落とされたら、ひとたまりもあらんな。だが、まだあそこからと決めつけるわけにはいかんぞ。往々にして思い込みは判断を誤らせるからな」

「心得ております、お義父さま」

探索の心構えとして、音乃は丈一郎の言葉を聞いた。

現場に来ても、さして得るものはなかった。

元来た道を戻ろうと、大川に背を向けたところであった。

「旦那に、音乃さんじゃありやせんか？」

うしろから声がするも、背後は川面である。だが、声音に二人は覚えがあった。

「……源三《げんぞう》さん？」

振り向くと、川面に水棹《みさお》を差して舟を止め、源三が猪牙舟の上でつっ立っている。早発ちの客を、浅草《あさくさ》まで送ってきた帰りだと言う。

源三は北町影同心の助《すけ》っ人《と》としてなくてはならない存在であるが、普段は『舟玄《ふなげん》』という屋号の船宿で、船頭として働いている。

「何をしてるんです、こんなところで？」

道のつき当たりである。近在の住民しか縁がなさそうなところに立つ音乃と丈一郎に、源三が四角い鬼瓦《おにがわら》のような面相を歪ませ怪訝そうな顔を向けている。

「あっ、そうか……」

すぐに、源三は柔和な顔に戻った。

「先だって、ここで誰かが死んでたという……それを、探ってるんで？」

「源三さんは、ご存じでしたの？」

「いや、そんな話を聞いたもので。あの日は川も荒れていて、舟には乗りやせんでした。現場を見たわけじゃありやせんが、そんな噂を耳にしまして。ところで、その事件を探ることになったんですかい？」

「ちょっと、舟から降りてくれんか」

源三には隠し立てすることではない。陸と舟とでは話が遠いと、丈一郎が呼びつけた。桟橋のある岸に舟をつけて、源三が陸に上がる。川端での、立ち話となった。

大まかな経緯が、源三に向けて語られた。

「へえ、亡くなっていたのは北町奉行所与力の浜岡様でしたか」

ぎょろつく眼をさらに見開き、驚いた形相で源三は返した。以前は丈一郎の手下で、岡っ引きとして働いていた男である。浜岡の名は、源三も知っていた。

「たしか、真之介さんと同じ齢だったと……？」

「よく覚えていたな」

「ええ。真之介さんの弔いのとき、浜岡様から話しかけられたのを覚えておりやす。真之介は気の毒であったなと、そのときおっしゃってやしたが、自分が気の毒なことになってしまったんですねえ」

覚えがあるだけに、源三としても神妙な心持ちとなった。

「それで、何かつかめやしたかい？」

「昨夜、梶村様から話をもたらされただけで、まだ何も分かっちゃいない」

「まずは、現場からってことですかい？」

「はい、そのとおり。手がかりも何もなく、まずは一からってことです」

音乃が小さくうなずいて答えた。

「さいですかい。でしたら、このあっしにも手伝わせてはいただけやせんでしょうか。浜岡様も、まんざら知らねえわけでもありやせんし」

「むろん望むところだ。そうでなければ、引き止めてまで話などしはせん」

丈一郎が、笑みを含ませながら言った。

「それで、あっしはどう動けばよろしいでしょうか？」

「いや。まだ、何もせんでいい。ちょっと複雑なことが絡んでいるので、順序よくいかんとな。しいてやってもらいたいといえば、このことは誰にも話すなってだけだ。音乃と共に、こっちなりに調べが進んだら源三に呼びかけるとする。それまでは、普段どおりにしていてくれ」

「へい、かしこまりやした。何か分かりやしたら、いつでも呼んでおくんなせえ」

そう言い残し、源三は再び舟に乗ると船宿へと引き返していった。舟に乗っていけばと源三に誘われたが、足腰の鍛錬も兼ねている。家には歩いて戻ることにした。

「思わぬところで、源三さんとお会いできましたね」

「ああ。源三の献身ぶりには、本当に助けられる」

昨年の秋、丈一郎は殺害の嫌疑で目付によって捕らえられたことがある。伝馬《てんま》町牢屋敷の、お目見え以下の御家人が収容される揚《あが》り屋に数日留め置かれた。あと数日で、評定所での沙汰は死罪と下されるところであった。その既《すんで》で音乃と源三に助けられた。

丈一郎は、そんな思いもあって感慨深げな口調となった。

五

一度家に戻り、朝餉を済ませてから行くところがある。

互いに共通の理解をもち合っていなくてはならないと、当初のうちは音乃と丈一郎は一緒に動くことにしている。それだけ探索のはじめには慎重であった。これから浜岡の家に出向き、後家となった志保に聞き込みをする段取りである。影同心と露見しないよう、その手はずは夜のうちに考えていた。

血の圧が低く朝が苦手《にがて》な律であったが、最近は体の具合もよく、早起きをして朝餉の仕度をする。以前は音乃の仕事であったが、『――音乃は閻魔の女房なんだから、家のことは心配しなくていいの』と律から言われ、言葉に甘えている。音乃を嫁《よめ》ではなく、死んだ倅《せがれ》の真之介と取っているようだ。音乃自身も後家となったものの実家に戻るでなく、真之介の跡を継ぐことを決めていた。巽家での生活が、音乃の生き甲斐なのだ。

箱膳にはすでに大根のおみおつけと小皿には沢庵《たくあん》三切れ、そして平皿には鰯《いわし》の丸干し焼きが一匹添えられていた。粗食であるが炊き立てのご飯が温かく、これからけじまる一日の活力を養ってくれそうな気がする。

「いただきます」

――人々の助けを借りて、自分は生きている。

音乃が実感するひとときである。感謝を込め、両手で箸を捧げてから食につくのが毎日の、音乃の決まった所作であった。

いつしか丈一郎と律も、音乃の所作を真似るようになっていた。義理とつくのがおかしいほど、傍目《はため》からは本当の親娘になりきっている。

普段なら、そんな仕合わせにとっぷりと浸かっているのだが、またも密命の仕事が下された。

「よく嚙んで食べなさい」

まるで、実の娘を叱りつけるような律の口調である。いつもと違った音乃の食の早さを、律がたしなめた。

「はい」

素直に聞き入れ、音乃はポリポリと音を立てて沢庵を咀嚼《そしゃく》する。そんな嫁と姑《しゅうとめ》のやり取りを、丈一郎は目を細めてうかがっていた。

やがて朝餉を済ませ、音乃と丈一郎は出かける段となった。


主人が亡くなり一人住まいとなっては、八丁堀の役宅は返却せねばならない。今日あす中に出ていけと、役所は言わぬまでもなるべく早いうちに引き渡すことになる。巽家も、真之介が死んだときは引越しを急いだものだ。

「跡取りがいない家は、これからが大変だ」

「志保さまは、この先どうなさるのでしょう？」

「一度実家に戻り、いつかは再婚ということになるのだろう。音乃とは、ちょっとばかり事情が違うからな」

「わたしはいつまでも、真之介さまの遺志を引き継ぎますから」

そうこう話をしているうちに、音乃と丈一郎は浜岡家の門前に立った。二人とも地味な着物を着込み弔意を示している。端から見られても、遅れてやってきた弔問客に見える。

朝五ツを報せる鐘が鳴って、さらに半刻ほどが経つ。他人《ひと》の家を約束もなく訪れるには、早くもなく遅くもなくちょうどよい刻限である。

志保の気持ちを向けるには、まずは最初の切り出しが肝心である。気丈と言っていたが、若くして夫を失ったばかりである。そのときの、胸の苦しみは音乃が一番よく知っている。

音乃は一つ深呼吸をして、遣戸を開けた。三和土《たたき》には履物がなく、幸いにも来客はいないようだ。

顔を家の中に差し向けると、プンと線香の香りが漂ってきた。家族を無くした家の、悲痛な気持ちを線香の香りが代弁している。

ここは、男より女の声のほうがよい。

「ごめんください……」

一度では、奥までは通らなかったようだ。二度同じ言葉を発すると、中から女の声が聞こえてきた。

「どちらさまで、ございましょう？」

か細い声で、返事があった。志保のものに間違いない。同時に、廊下を伝い擦り足の音がする。

音乃と丈一郎は敷居を跨ぎ、三和土に立って志保が出てくるのを待った。

銀簪《かんざし》で丸髷《まるまげ》を留め、生成《きな》りの小袖を着込み喪に服す姿である。肩を落としうつむき加減は、音乃が知っている勝気な性格の志保とは違って見える。頬に丸みを帯びたふくよかな顔もやつれているか、いく分細くなっているようだ。

「巽様と、音乃さん……」

一段高い式台に立ち、志保のか細い声であった。いつもなら、はっきりとした口調も気落ちがそうさせる。

「このたびは、ご愁傷《しゅうしょう》さまで……」

「大変なことになりましたなあ……」

語尾を落とし、殊勝な声音で、音乃と丈一郎の交互の挨拶となった。

「わざわざお越しいただき……さあさ、お上がりになってくださいませ」

仏間へと案内される。部屋は、線香の煙でもうもうとしている。一晩中起きていて、香を絶やさなかったのであろう。

「些少《さしょう》ながら……」

まずは、丈一郎が袱紗《ふくさ》に包んだ香典を霊前に供え、位牌に向けて合掌をする。『南無阿弥陀仏』と念仏《ねんぶつ》を唱えたところで、

「当家の宗旨は、日蓮宗でございますので……」

志保から待ったがかかった。『南無妙法蓮華経』と題目《だいもく》を三遍唱え直す。つづいて音乃が線香を手向け、故人への拝礼を済ませると志保と向き合った。

「ありがとうございました」

丸髷から、三本ほどやつれ髪が垂れ下がっている。返礼の声音が小さく、聞き取りづらいものであった。

「それで、巽さまと音乃さんが来られましたのはいかがして……？」

儀礼を済ませたあとの志保の言葉に、二人は面喰らう面持ちとなった。聞きようによっては、失礼な言い回しである。他に用事がなかったとしても、弔問で訪れた客にかける言葉ではない。だが、ふと思うところは密葬であったことだ。縁者以外は、初七日までは遠慮するのが習いと聞いたことがある。それと与力と同心では身分が違う。

そうと気づけば、志保の言葉もうなずける。だからといって、追い返されはしない。

要件は弔問以外にもある。影同心という身分を隠し、いろいろと聞き出さなくてはならない。ここが肝心なところであった。

「わたくしも一年ほど前に夫を亡くしまして、志保さまのお気持ちを察しましたら、いてもたってもいられず……」

目尻に手布をあてて、くぐもる声は芝居ではない。同じ境遇の女として、音乃は気持ちを素直に表した。

「左様でございましたわね。ご主人はご勇敢にも夜盗を捕えようとして凶刃に倒れたと。それにつけ、うちの浜岡といったら……」

梶村から志保に、自害と伝えられているのは、音乃と丈一郎も知っている。志保の落ち込みは、夫を亡くした悲しみよりも、浜岡の理不尽な死に方に悔恨がこもるような口調であった。

「いいえ、浜岡様はご立派なお方だと、生前にうちの夫も申しておりました」

「浜岡も言っていましたわ。巽真之介さまは、南北奉行所合わせて一番の同心だと、いつも敬っておりました」

「与力様がですか？」

「お仕事に、与力も同心もございません。できる人が尊いのだと思います」

志保の、勝気な性格を垣間見《かいまみ》た思いに音乃はとらわれた。

「浜岡様は、夫真之介と同じお齢と聞いております。当家は、もうすぐ一周忌。一年前に旅立ちましたが、あの世では一緒になって悪漢たちを成敗するのでございましょう」

「いいえ、二人は行き先が違います。真之介さまは極楽、浜岡は地獄でございます」

「でしたら夫と行き先は同じでございます。夫は北町の閻魔と言われた男でございましたから」

「そのことでしたら、浜岡に聞いたことがございます。極悪人を捕らえるときのその凜々《りり》しさたるや、奉行所でも評判でしたと」

だんだんと、夫談議に志保の言葉もなめらかになってきている。ここからが、昨夜練った志保の心に取り入る好機と踏んだ。

音乃と志保のやり取りを、ずっと黙って聞いていた丈一郎が口にする。この先は、丈一郎の出番となった。

「今しがた志保様は、浜岡様が地獄に行ったとおっしゃいましたが、なぜにそう思われたのでございましょう？」

酷《こく》と思うも、死因が志保の口から聞ければ話が進む。丈一郎は、事情を知っていながらもあえて問うた。

「…………」

志保が無言でうつむく。自分の口から言いたくないとの、気持ちの表れであった。

「お話しなされたくないお気持ちは、よく分かります」

「えっ？」

丈一郎の、知っているかのような口ぶりに、志保の訝しがる顔が向いた。

「他人《ひと》の口には、戸は立てられぬもの。ご事情は、うすうす耳にしております。ですが、身共は違う目で見ています。今は隠居の身でありますが、かつては鬼と呼ばれた……自分で言ってはおこがましいですな」

「そういえば、浜岡も申しておりました。異様のところには、鬼と閻魔が同居していると……」

志保が話に乗ってきている。傍《かたわ》らで話を聞いていて、音乃は小さなうなずきを見せた。

「身共も与力の浜岡様とは、いく度となく仕事を一緒にさせていただきました」

与力と同心の身分の違いに、齢は親子ほど違えど丈一郎の言葉はへりくだっている。

「吟味をしているときの、毅然たる仕事ぶりは傍《はた》から見ていても圧倒されました。どんな悪党にも屈しないあの厳格なご性格では、とても自害など……いや失礼、口に出してしまいました」

小さく頭を下げて、丈一郎が詫びを言った。

「いえ、よろしいのです。もう、隠し立てはいたしません。たしかに夫は自害と聞かされております。それも切腹ではなく、大川に入水《じゅすい》などと武士としてあるまじき手段で……」

「今、大川に入水とおっしゃられましたな？」

「はい。そうと聞いておりますが、それが何か？」

「浜岡様ともあろうお方が、そんなことをするかなあ」

天井を向き、丈一郎が考える仕草をした。

「巽様は、違うと申されますので？」

「はい。身共としては、どうもそのあたりが引っかかりまして……」

「いったい、何をおっしゃりたいのでございましょう？」

志保が、膝を進めて訊いてきた。丈一郎の話に、興を示す姿勢であった。

「あくまでも元同心としての勘ですが、浜岡様は殺害されたものと……」

声音を落として、丈一郎は言った。音乃は黙って、その瞬間の志保の表情を探った。志保の驚く様に、やはり本当のことは知らされていないと判断がつく。

「でしたら筆頭与力のかじむら……梶村様をご存じでしょうか？」

「はい。一、二度しか話したことはないですが存じてます」

偽りも、探索とあらば仕方ない。丈一郎は、淡々とした口調で答えた。

「その梶村様が当家に直《じか》に参られまして、夫の自害を告げられました」

「左様でございましたか。筆頭与力がお出ましならば、もう決定は覆《くつがえ》ることはありませんな。しかし志保様、浜岡様の無念をこのままにしておいてよろしいのでございましょうか」

「なんと、おっしゃられます？」

「真相を、探られたいと思われませんか？」

「ですが、お奉行所は……」

「どうも身共は隠居してからというもの、暇をもて余しまして。ここにいる音乃と一緒に、毎日剣術の稽古に明け暮れております」

ここからが肝心である。話を一旦落ち着かせるため、丈一郎はあえて回りくどい言い方をした。

「まあ、音乃さんがですか？」

音乃の顔からは想像ができないと、志保の丸い目が見開いて言った。

「これでも、一刀流道場の師範代をしていたことがございまして……」

はにかむような声音で、音乃が言った。

「そんなことでどうも血が騒ぎましてな、昔取った杵柄《きねづか》といいますか、しゃしゃり出たい気になったのでありますな」

一気にいこうと、丈一郎は一膝前に繰り出した。

「いかがでございましょう。ここは音乃と共に、浜岡様が亡くなられた真相を探りたいと存じますが……」

語尾まで語らず、志保の表情をのぞき込んだ。

「……夫は、殺された」

位牌が祀られた祭壇に目をやり、志保が考えている。余計なことはするなと言われたら、それまでである。音乃と丈一郎は、志保の答を、固唾《かたず》を呑んで待った。

やがて、志保の顔が二人交互に向いた。

「真相と申されましても……」

一介の隠居と後家だけで何ができるのかと、ためらいの目で見ている。

志保の返しに、音乃は居住まいを正した。そして、口にする。

「志保さまは、浜岡様の意趣を晴らしたいと思われませんか？」

「えっ？」

音乃の唐突《とうとつ》な切り出しに、志保が一瞬怪訝《けげん》そうに顔をしかめた。

「むろん、望むところ。ですが、どうやって？」

「よろしければ、義父上《ちちうえ》とわたしにお任せいただけませんか？」

「お任せいただけないかとおっしゃられても……」

すぐには返事ができるものではない。志保の顔が再び祭壇に向いた。浜岡の位牌に向けて、問いかけるような眼差しであった。

「それにしても、なぜに異様と音乃さんは真相を探る気になられましたので？」

単なる好奇心と暇つぶしでは、得心がいかないのも当然である。

「わたしの旦那さまが、下手人を連れてこいと申しておりました」

「えっ、旦那さまとは真之介様……？」

「左様でございます。夫真之介は、わたしの心の中でいつまでも生きつづけております。その旦那さまが、わたしに命じたのでございます」

「すると、音乃さんは……」

「はい。わたしも位牌に向けて問いかけることがよくあります。すると、不思議にも声が聞こえてくるのです。もちろん、心の中でですけど。叱られることも、けっこうございますわ」

お互いに夫を殺された者同士として、気持ちが理解しあえる。音乃の言葉は、志保の心の琴線《きんせん》に触れたようだ。

志保の顔に、悲壮感はない。武士の妻として、夫の死に方には大きなこだわりがある。自害でないと知って、無念は別のほうに向いた。

問いが、丈一郎に向けられる。

「お奉行所にはどうなさりますので？」

「むろん、黙っての探索になります。自分が勤めていたところを悪く言うのもなんですが、どうも最近の同心たちはだらしがない。任せたとしても、これからずっと下手人は捕まりませんでしょうな」

奉行所の役人を悪《あ》しざまに言う丈一郎に、気持ちが通じるか志保が大きくうなずいた。

「他人《ひと》には言えませんが、いつぞや浜岡も同じようなことを申しておりました。そうですか……」

志保が、得心するようにうなずいた。

「巽様を呼ばれましたのは、浜岡の霊がそうさせたものと。位牌を眺めていて、私も音乃さんと同じ心持ちがしてきました。浜岡が、下手人を捕まえてくれと言っているような」

「もう浜岡様は、地獄でわたしの旦那さまとお会いしているのかもしれませんわね」

「まったくそのとおりかも」

二人の顔に、わずかながらもようやく笑みが浮かんだ。

「必ず下手人を、地獄の閻魔さまに引き渡してやりましょうよ」

音乃のきっぱりとした口調に、志保の迷いはない。

「ええ。わたくしからもお願いします」

大きく頭を下げて、志保は同意を示す。起こした顔に、もうやつれた面影はない。不甲斐ないと思っていた夫への疑念が、晴れたような志保の表情であった。

音乃と志保は同じ齢である。夫を亡くしたのも、同じ殺害という因縁が絡んでいる。同じ境遇ならば、むしろ忌憚《きたん》なく話せる。ここからは若後家同士にして、音乃に任せたほうが上策と丈一郎は取った。

「音乃、わしは用があるので先に家に戻る。あとは、おまえに任せた」

丈一郎は腰の物をつかみ、立ち上がった。

「かしこまりました」

音乃も、丈一郎の心根は心得ている。

「それでは志保様、身共はこれで失礼させていただきます。お体をお大事にしてください」

「ありがとうございました。今後とも、よろしくお願いいたします」

志保の言葉を聞いて丈一郎は一つうなずくと、位牌に一礼し仏間をあとにした。

六

位牌が祀られた祭壇の前で、若後家同士は真正面から向かい合った。いつ来客が来るか分からない。話を邪魔されたくないと、音乃はさっそく本題に触れた。

「志保さま、いろいろとお聞きしてよろしいでしょうか？」

「私の知っていることでしたら、なんなりとお話しします」

志保の言葉で、事件の解明に向かって動き出すことになる。音乃の気持ちがさらに前向きとなった。

「まずはですが、浜村様の最近のご様子はいかがだったでしょう?」

至極、まともな問いから入った。

同じ問いを、幾多の人から訊かれたのであろう。志保の、うんざりとした表情がうかがえる。

「これは大事なことですので、詳しく聞かせていただければ、ありがたいのですが……」

音乃は真剣な口調であった。その気持ちが、志保に伝わる。

「ごめんなさい。いろいろなお方から、同じことを訊かれましたので」

「それには、なんとお答えして……?」

「悩んでいるとは気づかなかったと、当たり障《さわ》りなく答えておきました」

「何か、いつもと変わったご様子があったのですか?」

「はい。さらに訊かれるのが嫌で、他人《ひと》には黙っておいたことですが……音乃さんにだけには、本当のことをお話しします」

肝心なことが聞けそうだと、音乃はいく分体を乗り出した。

「夫の行動をおかしいと思ったのは、二月《ふたつき》ほど前からでした。十日に一度か二度、夜になると出かけるようになってました。それまでは、奉行所から戻ると外に出ることは、ほとんどなかったのですが」

「どんな恰好で、お出かけに……？」

このときふと音乃の脳裏をよぎったのは、浜岡が別の女と不義を働いていたのではないかということだ。すべては疑いからはじめろと、以前から丈一郎に探索の基本を聞かされていた。だが、志保の前では面と向かって口に出せない。

「出かける際の身形《みなり》は、平袴を脱ぎ小袖の着流しで深編み笠を被り、与力の身分は隠して出かけてました。まさか、他にいい女《ひと》ができたのかと思い……」

志保も、やはり疑っていたのだ。真っ先に思いつくのは誰しも同じだと、音乃は妙な納得をした。

「ですが、あの人に限ってそんなことはないと断言できます。あれほど身持ちが固く、性格も固い男はこの世の中にそん所いるものではございません。まるで、石のような人でした」

仕事では厳格な男だったと、丈一郎からも聞いたばかりである。女の線は消してよいだろうと音乃は思った。

「一度だけ、どこに出かけるのかと、訊いたことがあります。そのときは、余計な口出しはするなと一喝され、以後尋ねたことはありません。ですが、危ない仕事に携わっているのではないかと、ずっと胸騒ぎを覚えていました」

町奉行所に勤めているなら、危険はつきまとう。吟味与力とあらば、取り調べで断罪に処すこともよくあることだ。とくに浜岡は、仕事には厳格であった。尚更《なおさら》恨みを買うこともあろう。真っ先に思い浮かぶのは、逆恨みである。死とは隣り合わせの仕事であることは、音乃自身も身に滲みて感じている。

「浜岡様のお出かけと、このたびの事件が関わりあると志保さまはお思いですか？」

「それはなんとも分かりません。ですが、にわかに夫の態度がおかしくなったのは、つい最近のことです」

志保が、遠くを見つめ思い出したように語る。目は、隣の部屋とを区切る欄間《らんま》に向いている。

一呼吸置いて、再び志保が語り出す。

「夫が死ぬ数日前……」

飛脚《ひきゃく》が浜岡宛の書状を届けたという。差出人はない。

その夜、奉行所から浜岡が戻り書状を渡すと、その場で開いた。すると、浜岡の顔面が見る間に蒼白となった。どうかしたかと、志保が尋ねるも答はない。浜岡は部屋に入ると、ピシャリと音を立てて襖を閉めた。

「下がろうとすると、部屋の中から夫の苦悶の声が聞こえてきました。私は気になって、はしたなくも襖に耳をつけました。すると、妙なことを言ってました」

「妙なこととは……？」

ここが肝心《かんじん》と、さらに音乃の体が前のめりになる。

「――お奉行に申しわけないと、私には聞こえました」

「お奉行に申しわけない、ですか……？」

「ええ、たしかそのように。ですが、聞こえたのはそれだけでしたが」

「それで、書状というのは今もございます？」

「いいえ。次の日火鉢を見ますと、書状を燃やした跡が残ってました」

音乃は、ふと心に触れることがあった。奉行の榊原宛に届いたといわれる脅迫状と関わりがあるのかと。

「そのことを、お奉行所のどなたかに話しました？」

「はい。筆頭与力の梶村様に。ですが……」

「どうなりました？」

「梶村様は、浜岡の死を覚悟の自害と取ったようです。案の定、お奉行所は事件にすることなく処理なされました。私もてっきり、夫は自害したものと思い込んでいたのですが、そうではなかったのですね」

梶村とのことは、音乃は口に出せない。そこは避けて答えなくてはならなかった。

「ええ。これはれっきとした事件と思われます。でも、どうしてお奉行所では自害なんかで、ご処理なされたのでしょう。そこが不思議でなりません」

音乃は、あえて含みを残すような言い方をした。その受け答え如何《いかん》で、志保の気持ちが分かると思ったからだ。

「それはなんとも分かりませんが、だらしがないからでしょ」

捨て鉢な物言いに、夫の死を自害に見立てた奉行所への遺恨が志保に宿っている。奉行所は頼りにならないと志保が思っているならば、まだ引き出すものがあるはずと、音乃は感じてすかさずに問う。

「浜岡様は、まだ何か……？」

すると、座る志保の腰が浮いた。

「事件に関わりがあるかどうか……ちょっと、お待ちください」

と言って志保は立ち上がると、隣の部屋へと入っていった。少し間をおき戻ってくると、何やら紙札を手にしている。

「これは……？」

「夫の文机の引き出しに入ってました。事件に関わりがありますかどうか……」

「お借りしてもよろしいので？」

「どうぞ、お持ちください」

志保から聞き取れたのは、とりあえず以上のことであった。

七

霊巌島の家に戻ると、丈一郎が首を長くして待っていた。

「どうだった？　志保様は何か話してくれたか？」

戸口先で、丈一郎が矢継ぎ早に訊いてきた。

「はい。あれからいろいろと、聞き出しました」

「そうか、早く聞かせてくれ」

急《せ》かすように、丈一郎が先に廊下を歩く。

居間に入ると、律が繕《つくろ》い物をしている。

「お線香の香りがずいぶんと漂ってきますね」

繕いの手を休め、律の顔が音乃に向いた。

「一晩中、お線香を絶やさなかったらしくて……」

「あの部屋に半刻ほどもいれば、匂いも沁みつくだろうよ。ずいぶんと、長い間いたな」

「はい。お義父さまが帰られてから、二人だけでよく話しました」

「さっそく、聞かせてくれ」

律は茶を淹《い》れると言って、部屋をあとにする。

「やはり、志保さまは気丈なお方でした」

筋を立てて、志保とのやり取りを丈一郎に語った。

さすが音乃は、相手に取り入るのがうまい。丈一郎が感心する、音乃の一面であった。

「それで、志保さまからこんなものを……」

音乃は胸元から、紙札を取り出した。事件に関わりがあるかどうかと言って、差し出されたものだ。それが、丈一郎に手渡された。

「これは、富くじのようだが……？」

本来の富くじであれば、気にも留めるものではない。少々変わったものだったので、手がかりになればと志保が差し出したのであった。そういう勘が働くのは、さすが与力の妻だと丈一郎は感心する面持ちであった。

「浜岡様の、文机の引き出しの中にあったようです」

紙片には『芝飯倉神明富《しばいいくらしんめいとみ》　参百八拾六』とだけ記されてある。本来の富くじでないというのは、それがすべて手書きで書かれていたからだ。何かの覚書きとも思ったが、そこまで雑ではない。真ん中あたりに、判読不能な朱印みたいなものが捺してあるのと、紙切れにしてはいく分厚手であった。

「陰富《かげとみ》か……？」

丈一郎の脳裏に、ふとご禁制の賭博《とばく》がよぎった。

闇で売られている富くじに『陰富』というのがある。

「陰富とは、闇の富くじのことですか？」

音乃の問いに、丈一郎が答える。

「正規の富くじでは高価で手が出せないと、陰の胴元が勧進元《かんじんもと》となり、金のない庶民相手に売っているものだ。当たり番号は、公許の富くじを利用する。むろん、禁止されていることだ」

丈一郎が知っている陰富ならば、高いものでも一枚十文か二十文で売られ、当たるとせいぜい八倍になる程度のものだ。富くじを買えない庶民の、隠れた手慰みである。だが、ご法度《はっと》であるも、吟味与力であった浜岡が単独で探るようなことではないと、丈一郎は説いた。

「これは、浜岡様の事件とは関わりがなさそうだな」

「ですが、お義父さま……」

「何か、音乃には感じるところがあるか？」

「はい。どうも、富くじにしては簡素で覚書きのようですがそうでもない。そんなところが気になりまして。いくら陰富とはいえ、もう少し意匠には工夫を凝らすのではないでしょうか」

実際に陰富というのを見たことはないが、説明文や意匠くらいは木版で刷るはずだと音乃は言う。

「売りに出すのも千枚、二千枚ではないでしょうから……」

たとえ二十文で千枚売り捌《さば》いてもたった三両、四両の売り上げである。

「万の数で作りませんと、おいしい仕事になりませんのでは。通し番号はともかく、すべてが手書きというのも、お手間がかかりすぎると。そう考えますと、ここにある富くじはあまりにも簡易すぎると思われませんか？　それがかえって、妙に引っかかります」

「音乃が言うことは、もっともだな」

「お義父さまから、どんなことでも疑ってかかれと教えていただきました。正規の富くじでもなければ、陰富でもないとなりますと……手がかりになるかどうか、当たってみても損はないと思います」

「うむ、面白いかもしれんな」

丈一郎が、腕を組んでうなずく。その目は、考えを巡らせているようで閉じている。

「そうだ、音乃」

突然丈一郎の目が開き、眼光鋭くして音乃を見やる。そこにちょうど、律が盆に湯呑を三つ載せて入ってきた。

「どうされました、あなた。そんな怖い顔をなされて……まるで、鬼の形相」

丈一郎が現役のときは『鬼同心』との異名があった。若き日の夫を見ているようで、律の顔がいく分火照《ほて》ったかのようだった。

律の言葉には耳を傾けず、音乃を凝視している。そして、口にする。

「音乃はいつぞや言ってなかったか？」

「あっ！」

丈一郎の問いに、音乃も気づいたようだ。

「……お咲ちゃんの話」

しかし、名を出さないのはお咲との約束である。うっかりと、口にするところであったが、咄嗟で堪《こら》えて小さな呟きとなった。

「五千両が当たる富くじがあるかって、音乃が訊いたことがあったな」

「そんな高額の一等は、今の富くじでは聞いたこともありません」

律が、二人の話に口を挟んだ。

「大事な話をしている。律が口を挟むのではない」

「ああ、左様でございますか。でしたら、私は邪魔なようですから……」

脹《ふく》れ面《つら》をして、律が立ち上がろうとする。

「お義母さまも、いていただけませんか」

これから忙しくなりそうだ。動きやすくするため、律には知っておいてもらいたいこともある。律の協力なしでは、探索も思うに任せぬ。源三同様、影同心の重要な仲間なのだと、音乃は取っている。

「五千両が当たる富くじの話を、音乃はどこから聞いてきた？」

丈一郎の問いに、音乃はためらいの素振りを見せた。

「何を迷っている？　大事な話だぞ」

事情が事情である。音乃は、お咲から聞いた話を語ることにした。しかし、約束どおり名は伏せておく。

「お名を出さないことで、よろしいでしょうか？」

「音乃がそう言うなら、かまわん」

「実は……」

およそ三月《みつき》前の、お咲との話を音乃は思い出し出し語った。

「富くじで五千両当たるなどと……世の中に、そんなでかい陰富なんてあるのか？　これまで聞いたこともないな」

奉行所の同心ですら、知らぬ話であった。

手がかりではなく、本格的に探る価値があると、音乃の脳裏に手書きの富くじが焼きついた。

「これからそちらに行って、詳しく話を聞いてきます。もし、浜岡様がもっていたこの富くじと関わりがあるようでしたら……」

お咲との約束は破るかもしれない。そんな思いがよぎり、音乃は言葉を止めた。

詳しい話をお咲から聞き出そうと、その日の午後、音乃はさっそく動いた。

松平越中守《えっちゅうのかみ》の上屋敷を半周し、八丁堀から越中橋で堀を渡ると日本橋正木町《まさきちょう》はすぐそこにあった。

一度行ったことがあるので、音乃は迷わずに三崎屋を目指すことができた。しかし、覚えていた場所に三崎屋はない。

「……たしかここのはず」

建物の造りは、たしかに三崎屋である。だが、庇《ひさし》に載った金看板の屋号が違っている。そこには『油物小売　立花屋《たちばなや》』と書かれてある。

音乃は首を捻《ひね》った。

お咲の話では、富くじで五千両が手に入り、店は盛り返したと言って喜んでいた。それからたった三月《みつき》で、店の屋号が変わっている。

店の前で考えていてもはじまらないと、音乃は立花屋の暖簾を潜《くぐ》った。

「お邪魔します」

油を買いに来たのではない。音乃は、遠慮がちな言葉を発した。

「いらっしゃいませ……」

油が滲《し》みて、テカテカに光った前掛けをした手代らしき奉公人が音乃に近寄ってきた。

「手前どもでは、上質の菜種油を扱っております」

「ごめんなさい。油を買いに来たのではないのです」

「でしたら、なんのご用で？」

買い物客ではないと知ると、手代の顔から商人らしい笑みが消えた。

「こちらに、お咲ちゃんという娘さんが……」

「そんな娘は、ここにはいないな」

口調も、不機嫌そうになった。

「あの、三崎屋さんではございませんので？」

しらばっくれて、音乃が訊いた。

「看板を見てないのかい？」

「ええ。三崎屋さんに間違いないと思ってましたので、見ませんでした。いったい、どういうことでございます？」

「三崎屋なら、去年の暮に潰《つぶ》れたよ。今の主《あるじ》が、居ぬきでここを買い取ったということだ」

「でしたら、三崎屋さんはどちらに……」

「手前に訊かれたって、分かるはずがないよ」

奉公人の話は、終始つれない。ここでは埒《らち》が明かないと音乃が引き返そうとしたところであった。

「ちょっとでかけて来るぞ」

店の奥から恰幅のよい男が出てきて、土間へと下りた。

「旦那さま、行ってらっしゃいませ」

音乃を相手にしていた奉公人が、深々と頭を下げた。この店では客よりも、主のほうを大切にするようだ。

齢は五十歳前後か、旦那さまと言われた男が、音乃をちらりと一瞥すると、小太りの体を揺すらせ脇を通り過ぎた。商人にしては、やけに目つきが鋭い。額が油で磨かれたように、やけに眩しく光を放っているのが、音乃の第一印象であった。着ている物の光沢は、油ではなく絹織物であるからだ。供をつけず、一人で主は店をあとにした。

立花屋では、お咲の居どころは知れなかった。

「ここで聞けないとなると、仕方ないか」

店を出て、音乃は独りごちた。

お針子の弟子で、お咲と仲のよかった娘を思い出す。二町南に行った因幡《いなば》町にお初《はつ》という娘が住んでいる。

「お初ちゃんに聞けば、事情が知れるかも……」

すぐに音乃は因幡町へと足を向けた。

間口三間と、構えの小さな小間物屋であった。お初が店番をしている。

「お初ちゃん、お久しぶり」

「あら、おっしょさん」

ここでも音乃は、おっしょさんと呼ばれた。

「相変わらず、おきれいで……」

「そんなことないわ、もうおばさんよ。お初ちゃんこそいつもにこやかにして、笑顔がかわいい」

お初への褒め言葉を返して、話を本題へと向けた。

「ところで、お初ちゃんに訊きたいことがあって、ここに来たの」

「訊きたいことって……?」

「今しがた、お咲ちゃんを訪ねて三崎屋さんに行ったのだけど……」

「ああ、そのことですか」

「お初ちゃんは、何か知ってる？」

「三崎屋さんは、人手に渡ったって。お咲ちゃん、かわいそう」

「それで、お咲ちゃんの今いるところって知らないかしら？」

「……いいえ」

答にためらいを感じる。お初が首を横に振るも、それは偽りと音乃は感じ取った。お咲から、口止めをされているのが口調から知れる。嘘のつけない純真さが、お初のよいところでもある。

「お初ちゃん、知ってるのでしょ？」

音乃の口調がいく分荒くなっても、お初は躊躇《ちゅうちょ》している。どうしようかと、迷う表情があからさまに見て取れる。

「大事なことなの。もしかしたら、三崎屋さんが潰れた……いいえ、潰された原因が分かるかもしれないの」

音乃は潰されたと言い換え、さらに語調を強くした。

「おっしょさんは、なぜにそんなことを？」

お初が渋々口にする。答え如何《いかん》で、語ろうという気になったようだ。

「わたしは、元は定町廻り同心の妻。そんなんで、少しでもお奉行所のお役に立ちたいと思ってるの」

影同心とは口にできない。だが、お初を口説《くど》くのには効果があったようだ。

「そうだったのですか。でしたら、お咲ちゃんの恨みが晴らせるかしら？」

「ええ。できるだけのことはするわ」

「お咲ちゃんからは、誰にも教えないでと言われてたのですけど……」

お咲の居どころが知れ、音乃の足はそこに向かった。

歩きながら音乃は、浜岡の事件と三崎屋の潰れがつながっているのではないかと、おぼろげながら感じていた。

第二章　借金地獄の果て

一

お初から聞いたお咲の住む日本橋青物町に行くには、北に戻る形となる。

正木町の立花屋の前を通るが、店先に客らしき者はいない。音乃は横目で立花屋を見やり、繁盛していないのを得心しながら通り過ぎた。

青物町は、さらに五町ほど行ったところである。そのあたりは、音乃もよく通るところである。だが、近辺でお咲を見かけたことは一度もない。

日本橋青物町には、相州《そうしゆう》小田原《おだわら》からの移住者が多く住むという。表通りには、野菜果実を売る青物屋や、乾物屋などが点在している。日本橋川の対岸は、江戸の台所を賄《まかな》う魚河岸である。

お咲の住処《すみか》は、青物屋の路地を入った裏長屋の、長次郎店《ちょうじろうだな》と聞いている。

表通りの青物屋で、音乃は長次郎店を訊いた。

「あら、あんた……」

店先でぼんやりと留守番をしていた、六十をかなり越したと見られる老婆が、音乃の顔を怪訝そうに見やっている。三月《みつき》ほど前、日本橋の橋上で木枯らしの強風に煽られ、立ち往生をしていた老婆であった。音乃も、そのときのことは覚えている。

「あのときは、親切にしてくれて……」

懐かしいものでも見るような、老婆の目つきであった。

他人《ひと》への親切は、いかなるときでもしておくものだ。訊ねると、即座に答えてくれた。おかげで、お咲の住まいはすぐに知れた。

「お咲ちゃんを訪ねて行くのかい」

なぜか、老婆の顔がにわかに曇りをもった。

「あの家も、なんだか大変みたいだねえ」

「いったい、どういうことなんです？」

「あたしの口からは……今しがたも、変な男たちが入っていったようだけど」

「なんですって？」

音乃は、老婆に向けて一礼をすると、急ぎ路地へと入っていった。

長次郎店は、向かい合って二棟ある。一棟が、五軒の棟割《むねわり》長屋であった。木戸から長屋の敷地に入ると、手前の棟の一番奥に三人の男の姿があった。お咲の住まいと知れる。一人は羽織を纏《まと》った商人風で、あとの二人は着流しのやくざ風に見える。

音乃は近づき、様子をうかがう。

「借金の形《かた》に、娘はもらっていくぜ。おい、引っ張り出せ」

外から、羽織を纏った商人風の男が声をかけた。

「いや、離して」

男の凄みとお咲の抗《あらが》う声に、音乃はすぐに事情を察した。無理矢理お咲が家の中から引き出されてきた。両腕を二人の無頼漢《ぶらいかん》につかまれ、お咲には抵抗の仕様がない。踏ん張る足も、引きずられている。

長屋の連中はお咲を助けるでもなく、家の中から黙って様子を眺めるだけだ。

お咲を連れて引き上げる、都合五人の男の足が井戸の前で止まった。目の前に音乃が立ち塞がったからだ。

「おい女、そこをどけ」

左頰に向こう傷のある男が、音乃に向けて怒鳴りつけた。三十歳前後に見える商人風の男は、そのうしろに控えている。商人の身形《みなり》をしているが、無頼を束ねるやくざのようだ。一見堅気《かたぎ》に身形を変えた『隠れやくざ』と、人々に呼ばれる類《たぐい》の男であった。

「その娘さんを、どこに連れていこうってんだい？」

一歩も引くことなく、むしろ体を前にせり出して音乃は対した。その筋の者が相手となれば、音乃の言葉も伝法《でんぽう》なものとなる。

「てめえには、関わりねえことだ。そこをどかねえと、痛え目に遭うぞ」

普段は温和な商人を装うが、豹変《ひょうへん》すると口調も真逆《まぎやく》に変わるのがこの手のやくざの特徴である。

「関わりなくはないね。その娘さんに、話があって来たのさ。こっちが用事があるんだ、さあその手を離してやりなよ」

見た目の容姿にそぐわぬ音乃の啖呵《たんか》に、隠れやくざがいきり立った。

「女一人に、何をぐずぐずしている。早いところ、蹴散らしちまえ」

無頼たちに、号令が飛んだ。

「こんなきれいな女、痛めつけちまっていいんですかい？　時蔵《ときぞう》さん……」

頭《かしら》の名は、時蔵というらしい。

「かまわねえから、やっちまえ」

「いいからおいでよ、時蔵さん……」

音乃は、素手《すで》で相対しようと腰をいく分落とし、正拳突きの構えを取った。音乃は素手で相手を倒す『双拳流《そうけんりゅう》』武術の、以前は師範代でもあった。今でも月にいく度かは道場に通うし、毎朝丈一郎を相手に、乱取りの稽古も怠らない。剣にも素手にも自信があった。

「ここを通るなら、あたしを倒してからお行き」

向こう傷の男と、もう一人の背高の男が九寸五分《くすんごぶ》の匕首《あいくち》を抜いた。あと二人の無頼は、お咲を離さずうしろに控えている。

まずは、匕首の二人が相手だ。

「手加減しねえぞ」

言い放つと、向こう傷が匕首の鋒《きっさき》を突き出してきた。音乃には、その動きが読めていた。左に体を躱《かわ》すと、男の手首を逆手でつかみ、思いきり捻《ひね》った。男の肘《ひじ》の関節が逆に捻《ねじ》れる。

「我慢してると、腕がへし折れるよ」

男は仕方なく、匕首を手から離した。

匕首が地面に落ちたところで、音乃は隙のできた脇腹を回し蹴った。向こう傷がある強面《こわもて》の男が、いとも容易《たやす》く三間《げん》ほど飛ばされると長屋の下水である溝《どぶ》に転がり落ちた。

「次は、あんただ。匕首を振り回してかかって来な」

音乃の挑発に、背高の男が身構え直すと、

「このやろー」

匕首を頭上から振り下ろしてきた。だが一瞬早く、音乃は相手の懐に飛び込んでいた。

相手の匕首は空振り、つんのめるところを音乃は腹に正拳を打《ぶ》ち当てていた。当たりどころが、鳩尾《みぞおち》の急所である。そこを突かれると、しばらくは息ができないほど苦しい。ゲホッとあいきみたいなものを発して、長身の男は前屈みとなって崩れ落ちた。

強面《こわもて》の、頼りになりそうな取り巻き二人を瞬時に倒され、隠れやくざの時蔵は怯《ひる》みをもった。

「さあ、お次の相手はどなただい？」

言葉は丁寧、語気は荒いのは、相手を見下《みくだ》しているからだ。

音乃は構えを解かず、残る三人に向き合った。目は眼光鋭くして、頭《かしら》の時蔵に向いている。

「おい、娘を離してやれ」

無頼たちの手から離れたお咲は、音乃の背後に逃がれ、背中に結んだ帯にしがみついた。この瞬間に襲撃されると、音乃でもひとたまりもない。

「そこをもたれると動きが取れないから。お咲ちゃん、ちょっと離れていて」

だが、音乃の心配は余計であった。

「今日のところは引き上げるが、これで済んだと思うんじゃねえぞ」

時蔵が、お咲に向けて捨て台詞《ぜりふ》を吐いた。お咲を抱えていた二人は、倒れている無頼をそれぞれが介抱して連れていく。五人が木戸から出ていったところで、一斉に長屋の障子が開いた。拍手喝采が、音乃に向けて降りそそぐ。

「お咲ちゃん、中に入ろ」

気恥ずかしくなった音乃は、お咲の住処へと急いだ。

腰高障子を閉めると、家の中は行灯《あんどん》の明かりが小さく灯るだけだ。

雨戸は閉められ、昼なお暗い部屋であった。

三和土《たたき》に立って中を見ると、おざなりに目隠しをされた小さな衝立の向こうに夜具が敷かれ、人が寝ているのが分かる。その脇にはやせ衰えた女が、肩を落として座っている姿が、ぼんやりとした明かりの中に浮かんでいた。それだけで、人目を忍ぶ様子がうかがえる。

六畳一間の棟割長屋であった。四畳半よりは、いく分家賃が高い。大人三人で暮らすための、せめてもの贅沢か。

「寝ているのがお父っつぁんで、座っているのがおっ母さん」

父親の名が利兵衛で、母親の名がお高《たか》というのは音乃も知っている。

たった三月《みつき》の間でここまで落ちぶれているとは、さすがの音乃も知るところではなかった。

「おっしょさんが、助けてくれたの」

お咲は、三和土に立って奥に声を投げた。すると衝立の向こう側で、起き上がる気配があった。お高が衝立をどかすと、夜具を持ち上げ利兵衛が上半身を起こすのが見えた。背中を支え、お高が介護する。

「娘を助けていただき、ありがとうございます」

両親そろっての礼が、音乃に向けられた。

「いえ、どういたしまして」

答えながらも、音乃は考えていた。

――誰が、三崎屋さんをこんな風にしたの？

先ほどの無頼たちは、借金の取立てで来たのであろう。だが、ここまで三崎屋を貶《おとし》めた要因が別にあるはずだ。そこに辿り着けば、浜岡殺しも解明されるだろうと音乃は踏んだ。

「おっしょさん、いえ音乃さんはどうしてここを……？」

「ある人から聞いてきたの」

「もしかして、お初ちゃん？」

どうやらお咲の口からここの居場所を教わっていたのは、お初一人であったらしい。

「お初ちゃんを怒らないで」

いいえとも言えず、音乃はうなずきながら認めた。

「もちろん、怒ったりはしません。もし何かあったらと、お初ちゃんだけには知らせておいたの。それで音乃さんが駆けつけてくれたのですから、むしろ感謝しています。それと、今まで誰にも話していなかったことも分かってますから」

お咲の言葉に、お初の顔が立ったと音乃も安堵する。

「先ほど、正木町の三崎屋さんを訪ねたら……」

ここに辿り着いた経緯を、音乃は説いた。

「そうだ。お父さまの具合はどうなの？」

まずは利兵衛の体調を思いやるのが先だと、遅ればせながらも訊いた。

お咲の首が小さく横に振られる。

「あまり、芳《かんば》しくないの。こんなだからお銭がなくて、お医者さまにも診せられず……」

お咲の針仕事で、なんとか細々と暮らしている。最低限生活に掛かる費用で精一杯だと、お咲は嘆いた。

「それでもまだ、借金は残っているの」

事情は、先ほどの取立てでうかがえる。

「大変なのねえ。ところで、どうしてこんなことになってしまったの？」

三崎屋一家の困窮している現状はよく分かった。音乃はそれを頭の隅に置いて、ここが本題への切り出しと取った。

三和土の上がり口に、お咲と並んで腰をかけての話となった。

「三月前の木枯らしの吹く寒い日……」

「はい、覚えています」

それ以来の、お咲との再会であった。

「あのとき、五千両の富くじが当たって店を盛り返したと言ってたよね」

「はっ、はい……」

誰にも言うなと止められている話が、父親の利兵衛の前で口にされ、お咲はうろたえる素振りを見せた、そのときであった。

二

音乃の耳にガバと、夜具が跳ね上がる音が聞こえた。

振り向くと、横になっていた利兵衛が、再び上半身を起こしている。人の助けを借りなくては起きられない体を、自力でもち上げたようだ。

「おっ、お咲は話したのか？」

声は震え、聞き取りづらいが音乃の耳にはたしかにそう聞こえた。

「ごめんなさい、お父っつぁん。あのときは嬉しくて、ついうっかりしゃべっちゃったの」

お咲が利兵衛に詫びた。

「いや、そうじゃねえ」

「おまえさん、起きると体に……」

お高が、無理して起き上がる利兵衛をたしなめた。

「いや、かまうなお高。もう、わしはいつ死んだっておかしかねえ。だから、話せるうちに……音乃さんとか言ったな」

「はい。以前一度お目にかかったことがございます」

「ああ、覚えているよ。たしか、町方同心のご新造とか言ってたな」

呂律《ろれつ》が回ってないが、意味はよく通じる。口調は、商人のものとはほど遠いものとなっていた。体の辛さが言葉に表れている。

「きょうのお父っつぁんは、よくしゃべる」

お咲が小さな声で、耳打ちした。

「上がってくれ」

同時に利兵衛から声がかかった。

「えっ、今なんと……?」

お咲との声が重なり聞き取れず、音乃が問うた。

「うちの人が、上がってくれと言ってます。音乃さんに、何かお話ししたいことがあるようで」

お高に言われ、音乃とお咲が利兵衛の枕元に近寄った。横になった利兵衛が語り出す。

「今のやくざ者《もん》たちからお咲を救ってくれたのかい、ありがとうよ」

それは、生きる最後の力を振り絞るような声音であった。

「いいえ、どういたしまして」

「さすが音乃さんだ。あんたが大した女の人だってのは、わしも知っている。今、こうして訪ねてきているのも何かの思《おぼ》し召しだろう」

言葉を一言も聞き漏らすまいと、音乃は耳を利兵衛の口元に向けている。

「これも、死に際の勘というのだろう、音乃さんには話していいような気がしてきた」

「死に際だなんて、なんてことを言うのお父っつぁんは」

「いいんだお咲。このことは、誰かに話しておかなくてはならんのだ」

利兵衛の表情に、無念さがこもっている。それが力になっているのだろう、徐々に口調がしっかりしてきて、よく聞き取れる。

「それで、聞きたいってのは、五千両の富くじのことかい？」

「はい。どちらで、そんな高額の富くじが開帳されているのかを知りたくて……それと、三崎屋さんがどうしてこんなことになってしまったのか？」

「みんな、わしがいけなかった。今さら悔いてもはじまらんが、お高とお咲には申しわけないことをした。すべては『裏富講《うらとみこう》』が……」

「うらとみこう……？」

聞いたことのない言葉を耳にし、音乃が訊き返した。

「ああ、闇の富くじだ。途轍《とてつ》もなくでかい金が動く博奕《ばくち》だと思ってくれていい。十両の元手が、五千両にもなる」

「そういうのがあるとは、今まで聞いたことがございませんが……」

「ああ、それはそうだろ。わしも、他人《ひと》に向けて裏富講の名を出したのはこれが初めてだからな」

「なぜに今まで、おかみさんやお咲ちゃんに黙っておられたのですか？」

身代が落ちぶれてまで、口を閉ざしていたのが音乃には不思議であった。

「話が少しでも漏れたら殺される。それと、裏富講に参加していたのがお目付や奉行所にでもばれたとしたら、お武家ならお家断絶……」

話に疲れたか、利兵衛の口が止まった。開いていた目も、ゆっくりと閉じた。

「おまえさん……」

「お父っつぁん……」

すわ臨終《りんじゅう》かと、お高とお咲が慌てふためき声をかけた。

「まだくたばらねえから、心配するな」

利兵衛の目が、小さく開いた。少し休んで、声音もしっかりとしている。

「ご無理をなさらないでください」

「いや。お高とお咲にも、聞いといてもらわないと……今まで、黙っていてすまなかった」

利兵衛の詫びが、お高とお咲に向けられた。

「どこまで話したっけ?」

「お武家なら、お家断絶ってところまで」

利兵衛の問いに、お咲が答えた。

「商人なら、財産没収の上で獄門《ごくもん》。僧侶なら宗派から破門されるどころか、打ち首にもなる」

「お坊さんもいたのですか?」

「ただの坊主ではない。古刹《こさつ》といわれる、由緒ある寺院の住職だ。武家ならばお大名から大身《たいしん》の旗本、町人はみな大店《おおだな》の主で大商人たちばかりだ。それと、江戸中の高市《たかまち》を仕切る、香具師《やし》の大親分もいた。みな、身の保全もあって絶対に口を割らない。もちろん、家の者にもだ」

「なぜに、お父っつぁんみたいな小商人《あきんど》がそんなところにいたの？」

「裏富講の言いだしっぺで、最初《はな》から加わっていたからだ。初めは十人ほどの、小さな寄り合いだった。今では、二百人ほどの大所帯となって、わしはそこの世話役でもあった」

「なんですって！」

家族といえど、すべて初めて聞く話である。お咲が頓狂《とんきょう》な声を発した。

「十年ほど前だったか、裏富講は仲のよい商人同士十人が集まり、親睦を深めるための宴席での余興からはじまったものでな……」

長い話になりそうである。音乃は、利兵衛の体がもつかどうか気を揉んだ。だが、利兵衛の語りはさらに力がこもるものとなった。音乃にはそれが、燃え尽きる寸前に一瞬燃え盛る、蠟燭《ろうそく》の炎のように感じた。

――縁起でもない。

音乃は、自分の思いを不埒《ふらち》と感じ首を横に振った。

「単なる飲み食いだけでは面白くないと、わしの提案から生まれたものだった。初めは……」

半刻ほどのときをかけ、ゆっくりと裏富講の全容が利兵衛の口から語られた。まともに話せたら、四半刻の三分の一もあれば済んでしまう内容であった。

裏富講を要約すると、こんなことである。

当初は一人頭十両ずつの賭け金を出し合い、十分の一の確率で集まった金を取り合うという内輪での遊びであった。頼母子講《たのもしこう》をもじった、体《てい》のよい博奕である。当たれば、十両が百両になるといった仕組みである。十両、百両は銭とも思っていない者たちの、小遣い銭稼ぎの手慰みであった。当時は三崎屋も景気がよく、利兵衛も羽振りがよかった。十数回重ねるうちに、損得のばらつきが出てくるものの、なんとなくもの足りない。博奕にしては刺激がないと、ある日仲間の一人が口にした。『――もっと仲間を増やし、大掛かりなものにしようじゃないか』と。

五年後には大店の大商人、旗本、僧侶、香具師の元締め、そして中には大名も加わり百人ほどの大所帯となって、裏富講は拡大をしていく。天下のご法度である。露見したら身の破滅となるのは必至である。それが、絶対の秘密裏として抑止の効果となった。それと、他人に語ったら殺されるのも厭《いと》わないという、約束も取りつける。講に入るに当たっては、厳しい基準を設けた。

「なぜに、そんな危ないことに高貴なお方たちは手を出すのでございましょう？」

利兵衛が語る途中で、音乃が問うた。

「それが、博奕というものだ。不安はあるが、あのゾクゾクするような快感は、一度味わったら、そう簡単に抜けられるものでない」

と、利兵衛は返した。

江戸のどこかでおこなわれる、正規の『富くじ』と合わせての開帳となる。富くじの一等番号を、裏富講では当選と定めた。百人が最低一口の十両を出して、千分の一の確率である下三桁の数字を占う。当初は口数に上限はなかった。額を多く賭けるほど、当たる確率も高くなるという寸法だ。いずれとっても、金に頓着《とんちゃく》のない者か、欲づっぱりたちの集まりである。一度でいいから下三桁の一等を当てて、その快感に浸りたいというのが参加する者たちの目当てであった。一人ひとりの賭け金が次第に大きくなっていく。一度の富くじで百両、五百両と注ぎ込む者も出てきた。必然として、当選の金額も大きくなる。そしてさらに五年が経ち、加入者も増加し裏富講は一度の開帳で、一万両が動く闇の大賭博《とばく》組織となっていた。そうなると、一等五千両が当たり前となってくる。

利兵衛が語った、裏富講の触りであった。

「これだけ大掛かりとなったら、その利権たるや莫大だからな、それに目をつけた者たちがいる。そいつらがどうやら、手目《てめ》を仕組んだらしい」

このあたりでは、利兵衛の声は力ないものとなっていた。音乃はもっと深く聞き出したいと思うも、利兵衛の体力も限界に近づいているようだ。もう一言、二言が限度であろう。

「手目を仕組んだとは、いったいどういうことです？」

これを最後の問いにして休んでもらおうと、音乃が利兵衛の口元に耳を寄せた。しかし、答は別の言葉となった。

「手目とは、いかさまのことだ。裏富講は、もうわしらの手では負えなくなるほどでかくなりすぎた。潰れたほうがいいのだ。そんなんで……」

利兵衛の目が閉じ、言葉が止まった。臨終かと三人の顔が青ざめるも、利兵衛の目は力なく開き言葉が振り絞られる。

「お咲はいるか？」

「はい、ここに……」

お咲が、耳を近づける。

「行李《こうり》の中に……」

「分かったわ、お父っつぁん」

部屋の隅に置いてある、籐《とう》で編まれた行李からお咲は一枚の紙札を取り出してきた。

「音乃さんに見せてくれと、お父っつぁんが……」

言ってお咲が、紙札を音乃に渡す。そこには『深川八幡富《ふかがわはちまんとみ》　五百六拾八』と書かれてある。

音乃の顔が、驚愕で固まった。

志保から手渡されたものと紙の厚さや大きさが、寸分違わぬものであったからだ。異なるのは、芝飯倉神明富と深川八幡富の違いだけである。すべて手書きで書かれたもので、筆跡も似通ったものであり中ほどに判読不明の朱印が捺《お》してある。

――やはり、関わりがあった。

「この札、預かってよろしいですか？」

「ああ……」

「もしや、利兵衛さんはご存じでは？　北町奉行所の浜岡さま……」

音乃が浜岡の名を口に出したところで、利兵衛の目がカッと見開いた。音乃の言葉に反応したのか、末期《まつご》に込めた最期の力なのか分からない。

そして、利兵衛の開いた目がゆっくりと閉じ、何も語らなくなった。

「お咲ちゃん、お医者さんを呼んでくる」

音乃が立ち上がろうとするも、お咲が止める。

「いえ、いいです。お父っつぁんを、もう楽にしてやりたいから」

音乃が利兵衛の脈を測るも、動きはない。心の臓に耳をあてるも鼓動が止まっている。

「ご臨終のようです」

お高とお咲に体を向け、音乃は苦渋のこもる声音で告げた。

「お父っつぁん！」

「おまえさん！」

お咲とお高の叫ぶ声が、狭い部屋に響き渡る。

亡骸《なきがら》に向けて合掌してから、音乃は立ち上がった。家族水入らずにしてあげようと思ったからだ。

「それじゃ、お咲ちゃん……」

声をかけるも、お咲が振り向くことはなかった。代りにお高の顔が音乃に向いて、小さく頭を下げた。

三

長屋を出てから、事件のことはさておき音乃は考えていた。

先ほどの連中は、この日はもう来ないであろう。だが、根本の解決ではない。葬儀の最中でも、おかまいなしに取立てに来るのが高利貸しである。今度は間違いなく、お咲は連れていかれるだろう。残された、お高とお咲をこのままにしておけない。

「……お弔いだけは、無事に済ませてあげたい」

それまではお咲についていてあげるも、音乃はその先のことを考えていた。

長屋の路地から表通りに出たとき、音乃の背中に声がかかった。

「お咲ちゃんに、会えたかい？」

呼び止めたのは、青物屋の老婆であった。

「はい……」

音乃の返事に覇気がない。

「どうかしたかい？　元気がないようだが……そうだ、さっきの連中を追い払ったってのはあんただってね。長屋の評判だよ」

「そうですか」

評判なんて、どうだってよい。音乃の、気のない返事であった。

「利兵衛さんのところは、ずいぶんとお金を借りてたみたいだねえ」

「はあ……それでは、ごめんください」

近所の噂話に乗りたくない。音乃が足を速めようと、一歩踏み出したところであった。

「ちょっと、お待ちよ。話は済んでないがね」

音乃の足が止まる。

「あんた、名はなんていうんだい？」

「音乃と申します」

「そうかい。あたしゃ梅《うめ》っていうんだ。もう、梅干婆《うめぼしばばあ》になっちまったけどね」

皺《しわ》を刻ませ、屈託なく笑う。

「お梅さんですか。それで、お話というのは……」

いつまでも噂話に付き合っている気分ではないと、音乃は話を急かせた。

「音乃ちゃんの武勇伝は聞いたけど、お咲ちゃんたちをあのままにしておいていいのかい？　また、やってくるんじゃないのかね、あいつら」

「えっ？」

思いがけない、お梅の言葉であった。

「今度やつらが来たら、間違いなくお咲ちゃんは連れていかれちまうよ。そうなったら、どこかの岡場所か吉原《よしわら》ってところだね」

音乃と同じようなことを、お梅も考えていた。だからどうするのだと、音乃は問いたかった。

「うちがもってる長屋《たな》でね、ここからちょっと離れたところにあるんだが……」

音乃が問う前に、お梅が語りはじめた。

「そこに、利兵衛さん一家を移すってのはどうだい？」

「それじゃお婆……いえ、お梅さんは……？」

「他人《ひと》の難儀を、指を咥《くわ》えて見ているわけにはいかんだろうがね。あんただって、あたしにそうしてくれたじゃないかい」

「それとこれとは……」

話の大きさが違うと、音乃は首を振った。

「そんなことはあるものかね。あんときあたしが動けないで難儀してたのに、誰も声をかけてくれる人はなかった。あのままだったらあたしゃ、風に吹っ飛ばされて日本橋川の鯉《こい》の餌になってたさ。親切に、でかいも小さいもあるかい」

　ずいぶんと義理堅い老婆と思ったが、まだ音乃の顔は曇ったままだ。

「浮かない顔をしてるけど、まだ何かあるんかね？」

「いえ。実は今しがた……」

「どうかしたかい？」

「ご主人の利兵衛さんが、息を引き取りました」

「なんだって？　利兵衛さんが死んだと」

　梅干のような皺が伸び、お梅が仰天《ぎょうてん》の声を発した。

「はい。わたしも看取ってきましたから」

「そうだったのかい。気の毒にねえ」

　再び皺顔となって、お梅が肩を落とした。

「それでお梅さん。お弔いの最中は、わたしもお咲ちゃんについていてあげようかと……」

「ああ。借金取りに、夜も昼もないからね。葬式だって、おかまいなしだから」

「そのあとのことですが……」

「九尺二間の狭い長屋だが、そっちに移ればいいさ。おっ母さんと二人きりだったら、四畳半だって贅沢なもんだ。もう、切羽詰《せっぱつ》まっているんだろう？」

他人に知れることなく、別の場所に移れれば借金取りからの難を逃れることができる。当人が死んだ今、お咲には返却の責めはないはずである。

音乃はふと、脳裏によぎることがあった。

——どうして利兵衛さんは、それほど大きな借金をしたのだろう？

五千両の裏富が当たっただけでは、追いつけないほどの金。それに加え、身代までも根こそぎ取られた。今際《いまわ》の際《きわ》で、世話役から引きずり降ろそうとして仕組まれたと利兵衛は言っていた。

利兵衛の借金と、大いに関わりがあると音乃は感じていた。

——それと、与力の浜岡様。

浜岡と利兵衛がもっていたのは、裏富講独自の富札であろう。

「……あんなものが、一枚十両」

呟きが、思わず音乃の口をついた。

「何が、十両なんだい？」

お梅は耳がよさそうだ。音乃の、小さな呟きを拾った。

「いえ、なんでもございません」

手を振って、失言を拒んだ。

「そんなところで、どうかね？」

「はい。お高さんと、お咲ちゃんにとってはありがたい話だと思います」

「だったら、あたしのほうから話しておくよ」

よろしくお願いしますと、深く頭を下げて音乃はその場をあとにした。

音乃が家に戻ったときは、西の空に日が沈む昼と夜の境となる暮六《くれ》ツのころとなっていた。

ふと見上げると、茜色《あかね》の空に向かって鴉《からす》が三羽、並んで飛んでいくのが見えた。

――鴉の一家かしら？　鴉でさえ、あんなに幸せそうなのに。


夕餉を済ませたあと、丈一郎にこの日の出来事を音乃は語った。

「利兵衛さんとやらは、気の毒であったなあ」

報せを聞き終えた丈一郎は、まずは利兵衛の死を悼《いた》んだ。

「それにしても、裏富講なるものがあったとは知らなんだ」

音乃が裏富講の実態を説く間も、驚く顔をしながら黙って聞いていた。丈一郎が勤めていたときも、奉行所ではそんな話は一切出ては来なかった。実態どころか、存在すらまったく知らなかったのである。

「浜岡様が、そんなことに関わっていたのか」

二枚の、裏富講の富札を見つめながら丈一郎が呟くように言った。

「浜岡様は裏富講を探っていて、それが露見して殺害されたものと……」

「いや待て、音乃。だとすれば、なぜに上役である梶村様は知らなんだ。お奉行様も裏富講のことまでは知らなかったようだ。単独で探るとしても、吟味与力の範疇《はんちゅう》ではあるまい。奉行所とは関わりのないところで、浜岡様は裏富講と接触をしていたとも考えられる。よもや、裏富講の一員ではあるまいな」

「まさか。一枚十両なるものを買えるほど裕福でないのでは。それと、その一員になるには、厳格な調べがあるとのこと。北町奉行所の与力であるのを隠すなど、とてもできるとは思えません」

「しかし、なんでこんなものをもっていたのだ？」

丈一郎の目が向いているのは『芝飯倉神明富　参百八拾六』と書かれた札であった。

「芝片倉神明宮の富くじは、今現在売られているものだ」

音乃がいない間、丈一郎は富くじのことについて調べていた。

「二十日ほど前に売りに出されて、抽選の日まではあと十日ほどある。浜岡様は、どこからこんなものを手に入れたのだ？」

大きな疑問となって、丈一郎と音乃の脳裏に刻み込まれた。

「それと、利兵衛さんがもっていた深川八幡の富くじは、去年の十一月に催されたものだ。この五百六拾八番は外れくじだが、別の番号で五千両を当てたのだろう。だが、それでは追いつけないほどの借金をこしらえていたってことか」

浜岡の動きと、利兵衛が作った借金の意味が分かれば事件の真相に大いに近づく。だが、そこまで至るには遠い道のりとなりそうだ。大名までが絡む裏富講の、逆巻《さかま》く怒濤《どとう》が押し寄せてきそうな気配に、音乃は心の動揺を感じていた。

四

三崎屋利兵衛の弔いは、参席者が長屋の住民だけの寂しいものであった。

六畳の奥にはすでに利兵衛の骸《むくろ》が納められた早桶《はやおけ》があり、前には小机が置かれ、線香立てと鈴《りん》が一基載った粗末な祭壇であった。

音乃は、利兵衛が亡くなった翌日から弔いが終わるまで、お咲を見守ることにしている。いつ、無頼の借金取りが来るか分からないからだ。幸い、隣が空いていたので、そこに泊まることができた。長屋の持ち主でもある、お梅の計らいであった。これで、昼夜見張ることができる。

無事に通夜は済ますことができた。弔問客の中に、裏富講の一員と思《おぼ》しき者は見当たらなかった。

長屋の住民が、三々五々訪れては線香を手向《たむ》けていった。いずれも貧乏世帯である。香典をすべて集めても、一分にも満たなかった。改めて、十両というのがいかに大金であるかを、音乃は知る思いとなった。

――お金ってのは、あるところにはあるもの。

貧富の差が、こんなところにも感じられる。

高利貸しの魔の手からお咲を救おうと、音乃とお梅は手はずを考えていた。

利兵衛が死んだばかりで、喪に服すときであったが身に危険が生じるとあれば仕方がない。夜のうちに引っ越そうと、お高とお咲も策に乗った。

家財は、大八車一台もあれば運ぶことができる。青物屋のお梅がもっているという長屋は、浜町堀《はまちょうぼり》に近い久松町《ひさまつ》にある。長屋の住人の力を借りて、夜のうちに荷物だけは運び込んだ。

今、住まいの中にあるものは、早桶一基と簡素な祭壇だけだ。お高とお咲は、線香を絶やせないと、一晩中起きているつもりなので、夜具は必要としない。

物音がしたら起きようと、隣家で音乃は身構えていたが、借金取りの襲来はなく夜が明けた。

早いところ葬儀を済ませ、昼前には利兵衛の亡骸を寺に運び埋葬を済ませる。その後、お高とお咲は青物町に帰らず、そのまま久松町に移り住む段取りだ。

僧侶に布施を渡すなら、その費用も生活のために使ったほうがよいと、経はお咲が唱えた。曹厳宗《そうごんしゅう》の教本にある字をそのまま読んで、利兵衛にあの世への引導を渡した。

三崎屋の先祖代々の墓は、芝《しば》は愛宕山《あたごやま》の裏手にあたる『曹厳宗五光山東本龍寺《そうごんしゅうごこうざんひがしほんりゅうじ》』という、由緒ある古刹であった。日本橋青物町からはかなり遠いが、早桶は長屋の男《おとこ》衆《し》四人で担ぐことにしている。

早桶に、厳重に天秤の丸太を縛り、いざ野辺の送りとなる。

「さてと、行こうかい」

チーンと鈴が一つなり、出棺となった。

四人の男衆に担がれ、早桶の底が上がった。

長屋の住人が総出で見送る。その中に、丈一郎の姿も交じっていた。鼠《ねずみ》色の着流しに、腰には大小の二本を差している。いざというときの、警護のつもりでやってきていた。


井戸の脇を通り、木戸を出ようとしたところで、先達のお咲の足が止まった。目前に、先だって来たのと同じ借金取立ての五人が立ち塞がったからだ。

「なんでえ、親父《おやじ》は死んだってのか？」

商人風に羽織を纏《まと》った、件《くだん》の隠れやくざの時蔵が、しかめ顔をして言った。

「まあ、親父なんかにゃ用がねえんで、くたばっちまってもかまわねえ。おいお咲、おめえには一緒に来てもらうぜ。おい……」

顎《あご》を振って、四人の無頼をけしかける。

男四人で、お咲を取り囲もうとしたところ、

「今、どんなときかってのが分かってないようだね。父親を冥土《めいど》に送るっていう、大事なところを台無しにするってのかい」

音乃が行列のうしろから、啖呵《たんか》を発しながら前へと出てきた。

「また、てめえか」

苦虫《にがむし》を嚙み潰したような顔をして、時蔵が口にする。

「また、てめえかじゃないよ。こんなこともあろうかと、あたしがついててやったら案の定だね。お弔《とむら》いぐらい、ゆっくりとさせてやることはできないのかい？　できないってんなら、あたしが相手になるよ」

音乃は、腰をいく分落とし、正拳突きの構えを取った。片手には、数珠《じゅず》が握られている。喪装である黒衣の足元がはだけ、白の襦袢が見え隠れする。その姿が、余計に凜々《りり》しい。

「かっこいいな、おい」

四人の担ぎ手たちも、音乃の啖呵に酔いしれる。丈一郎は、ニヤリとしながら黙って様子を見やっている。

「夕方には戻ってくるから、それまで待てないってのかい？　だったら、闘うまでだね。今度は、腕をへし折るだけじゃすまないよ」

音乃はさらに、言葉をつづけた。長屋の住民も、今度ばかりは黙っていないと目を光らせている。音乃の度胸に、感化されたようだ。無頼たちも、これには怯《ひる》む。

「分かったよ。おい、そこをどいてやれ」

取立ての五人が左右に分かれ、道が開いた。

葬列はお咲を先頭に、お高がつづく。そのうしろに早桶が担がれ、音乃は最後尾についた。葬列といっても、たったそれだけの人数である。

青物町から道を南へと下る。

日本橋目抜き通りの東側を、並行に進む道を取った。音羽《おとわ》町、左内《さない》町、小松《こまつ》町と辻ごとに町名が変わる。そのまま進めば、元の住まいであった正木町を通る。今は立花屋と屋号が変わった店の前を、お咲は一瞥もくれずに通り過ぎた。因幡町の小間物屋の前で、お初が合掌をしている姿があった。お咲はお初に気づくと、小さく会釈を返した。厳《おごそ》かに葬列は進む。二ノ橋《にのはし》で堀を渡り、水谷町につき当たると、堀なりに道を取った。しばらくは三拾間堀に沿って進む。三拾間堀一丁目に、音乃とお咲が通《かよ》っていたお針の師匠の家があるが、立ち止まらずにさらに先を急いだ。三拾間堀一丁目から八丁目までをまっすぐ進むと、堀は右へと折れる。新橋《しんばし》で堀を渡ると、そこは芝口《しげぐち》である。お花団子と幟《のぼり》の立った団子屋の前を通り、武家屋敷町へと入る。分部若狭守《わけべわかさのかみ》、中川修理大夫《なかがわしゅりのだいぶ》の屋敷の間を通り、愛宕下《あたごした》大名小路へと出た。道をつっ切り、さらに西を目指す。武家の屋敷塀がつづく薬師《やくし》小路から、桜堀《さくらぼり》につき当たれば、一帯は愛宕山下《やました》の寺町である。愛宕山を北回りで半周したところに、大きな山門があった。門にかかる扁額には『曹厳宗五光山東本龍寺』と書かれ、古刹の威厳をかもし出している。曹厳宗の東本山である。近在では、増上寺《ぞうじょうじ》に次ぐ大寺であった。

東本龍寺の門前まで一気に辿り着いたときは、正午《ひる》も四半刻ほど過ぎていて、一行は疲れた。とくに担ぎ手は、へとへとであった。

「まあ、大きなお寺」

山門の前に立ち、音乃は感慨を口にする。

江戸開府と同時に、曹厳宗の東の本山として創建された寺である。今では落ちぶれているが、三崎屋の栄華を思い起こす寺の立派さであった。

一服の休みを取ってから、山門を潜《くぐ》る。

寺の小坊主が近づいてきて、お高と話を交わした。

「利兵衛様が、お亡くなりになったと……ただいま大聖《だいしょうぞう》僧様がお出かけでして。副《ふく》管主《かんす》様ならおいでになりますが」

曹厳宗では、大聖僧は最高の位である。檀家だとはいえ、滅多にお目にかかれるものではない。

「どなたでもけっこうです。早く拝んで、お墓に埋めてください。ただし……」

お高は、小声で何やら耳打ちした。

「はあ、かしこまりました。でしたら、本堂の前でお待ちください」

浮かぬ顔をして、小坊主が去っていく。言われたとおり、光り輝く金色の本堂の前で待った。本堂と向かい合うようにして、三重の塔が建っている。千六百二十年の建立というから、すでに二百年以上が経っている。それだけ時を経ても、朱色の鮮やかさは薄れていない。建立当初は、五重の塔とする予定であったが、将軍家菩提寺である増上寺より目立ってはまずいと、遠慮したとの逸話が残っている。

「やたらとお布施《ふせ》を取る宗派でしてねえ……」

お高が嘆くように言った。無一文の今、墓に埋めてくれるかどうかが心配なようだ。

「今の大聖僧様になって、とくにひどくなったのよね」

憤懣やるかたないといった口調で、お咲の口が尖がった。

しばらくして、小坊主が錦の袈裟《けさ》を纏った僧侶を連れてきた。芳才《ほうさい》という、副管主を勤める僧侶であった。大聖僧の芳円《ほうえん》とは違い、穏やかな僧侶で通っている。大玉の数珠を手にして、芳才が一行に近づく。

「これはこれは、三崎屋さんの。利兵衛さんがお亡くなりになったと、珍念《ちんねん》から聞きましたが。ところで、三崎屋さんは大変なことになっていると聞きおよんでおりますが、今はどちらにお住まいで？」

逃げるように正木町の三崎屋を飛び出してから、今の住まいはお初以外誰にも告げていない。時蔵たちからの借金は、青物町に移ってから借りたものであった。

「はい。日本橋青物町の……」

芳才ならば隠し立てをすることはないと、お咲は居どころを告げた。

「裏長屋にお住まいと……ああ、なんとお気の毒で嘆かわしい。あのご立派であった三崎屋さんが……」

ひとしきり嘆いたあと早桶に向けて、

「南無曹厳仏法舎利……南無曹厳仏法舎利……南無曹厳ぶっぽうしゃりー」

大玉の数珠を鳴らし、曹厳宗の念仏を三回唱えた。

「芳才和尚様に拝んでいただけるとは……」

感極まったか涙ながらに、お高は言う。芳才というのは、東本龍寺の階級では大聖僧芳円に次ぐ副管主の位である。お高もよく知る僧侶であった。

「ただいま大聖僧がお出かけであってな、よいところに連れてこられた。早く、墓地に運びなさい。そうだ、ちょうどよい案配に掘ったばかりの墓穴があったな。これ、珍念そこにご案内しなさい」

「かしこまりました。どうぞ、こちらに……」

まだ十歳をいくらか超したかに見える小坊主の珍念が先達となり、一行を案内する。

そのすぐうしろに、芳才和尚がついた。墓穴に着くまで、経を唱えている。

芳才の読経で、無事に埋葬を済ますことができた。

三崎屋の窮地を知っているので、布施はいらないと芳才の好意であった。

「大聖僧の芳円様とは、えらい違い。あのお方が、大聖僧様になられればいいのよ」

お咲が、そっと音乃に耳打ちをした。

「このたびは、ご愁傷《しゅうしょう》さまのことで……」

埋葬を終えたあとの、僧侶の説法があった。

「人は、この世に階層なるものを作った。そして富む者、位の高い者が世の中を席巻するようになった。仏法にもむろん階級はあるが、それは個々をはびこらせるための戒律ではない。人は滅して、涅槃《ねはん》へと旅立つが……」

芳才の話が延々とつづくが、要約すれば大聖僧批判であった。どうやら、東本龍寺の最上位僧たちは真逆の考えの持ち主のようだ。

木柱の供養塔が一本立って、葬儀は終わった。

墓所から参道に戻ったところで、一人の女が庫裏から出てくるのを音乃は見かけた。湯上りのように髪を垂らし、背中あたりを元結《もとゆい》で止めている。赤紫《あかむらさき》色の半襟《はんえり》に、子持ち縞《じま》の小袖を着流している。素足に下駄《げた》を履いた姿は、水商いの女にも見えた。寺の参拝客にしてはそぐわない恰好に、音乃の気が向いた。

「あのお方は……？」

音乃が、小坊主の珍念に近づき訊いた。

「あの女の方ですか。あの人は芳才様が、先日連れてこられたお方です。なんですか、行き倒れていたのをお助けになったとか。ずいぶんときれいになって……」

寺に連れてきたときは、体も着ているものも真っ黒く汚れ、面相すらも判別できないほどであったという。

「やはり芳才様は、すばらしいお方なのですね」

「ええ。それはそれは、まるでお釈迦《しゃか》様がそのまま生まれ変わったようなお方でございます」

目を爛々《らんらん》と輝かせての珍念の話に、音乃は大きくうなずいて見せた。

五

葬列の一行が、長次郎店を出たあとのこと。

丈一郎は、引き上げる時蔵たちのあとを追った。三崎屋利兵衛を陥《おとしい》れた経緯を解明するためであった。

江戸橋《えどばし》を渡り、魚河岸《うおがし》を左手に見て足を北に向けている。半月ほど前に小火《ぼや》騒ぎがあった伝馬町の牢屋敷の脇を通り、八間堀《はちけんぼり》を渡ったところで五人が一斉に振り向いた。そろった顔が丈一郎に向いている。

「なんで、俺たちのことを尾《つ》けてきやがる？　てめえ、お咲の長屋にいた侍だな」

時蔵が、四人の前に立つと伝法な言葉で凄んだ。

「なんだ、ばれておったか。ならば仕方あらんな。あんたらに、ちょっと訊きたいことがあってな」

「なんでえ、訊きてえことってのは？」

「商人の形《なり》をして、相変わらず汚い言葉を使ってやがるな、時蔵……」

「誰でえ、おめえは……」

時蔵が、驚いた顔をして丈一郎を見やっている。

「おれの顔を見忘れたかい?」

「えっ?」

さらに、丈一郎をまじまじと見やる。

「もしや……八丁堀の旦那?」

どうやら丈一郎と時蔵の間には、定町廻り同心であったときの因縁があるようだ。時蔵の、ばつの悪そうな表情に丈一郎はふとほくそ笑んだ。

「ああ。だが、もう八丁堀の旦那なんかじゃねえ、一介の隠居老人だ。八年前は鼻を垂らしてた小僧が、ずいぶんと羽振りがよくなったもんだな」

「餓鬼《がき》呼ばわりはよしてくだせえよ、旦那。あっしはもう、三十にもなったんですぜ」

「ほう。もう、そんなになったか。浅草《あさくさ》で弱い者いじめをしてたが、その癖はまだ抜けてねえようだな」

「勘弁してくだせえよ、若え衆《わけし》の前ですぜ」

「そいつはすまなかったな」

「ところで、旦那はなんで俺たちを……」

「そいつは、さっき訊かれたな。時蔵は今、金貸しをしてるのか？」

「ええ。松黒屋《まつくろや》という金貸しの番頭でさあ」

「ほう、番頭か。ずいぶんと、出世をしたもんだな。その松黒屋というのは、どこにあるのだ？」

「こっからちょっと行った、松枝町《まつえだ》で……それが、どうしたってので？」

「いや、ちょっと訊いただけだ」

ここで、丈一郎はふと考えることがあった。

――三崎屋を陥れた策略に絡むとしたら、ずいぶんと素直に答えるな。

高利貸しならば、取立てに多少の強引さはつきものだ。娘を借金の形《かた》にさらっていくことなど、日常茶飯事で屁《へ》とも思っていない連中だ。むしろ、それが仕事の本性だといってよい。もしも、それ以上にやましいことをやっているとすれば、頑《かたく》なに口を閉ざすはずだ。少なくも、自分から屋号などをばらしたりはしない。

「ところで、三崎屋の利兵衛さんは時蔵のところから、いくら借りてたんだ？」

「元金が、一両ばかり……」

「なんだと！　たったの一両だと？」

「たったのと言いやすが、旦那。そのあとの利息が積もり積もって、五両ばかりに

「……」

「ずいぶんと利息をふんだくりやがるな。返せねえようにさせといて、娘を売るって寸法か。ずいぶんと阿漕《あこぎ》なやり方だな」

「それが、小口の高利貸しってもんで」

時蔵たちのやり口に、丈一郎は腹の立つ思いとなったが、本筋とは異なるものだ。ここで、時蔵を叩いても無駄と踏んだ。

「旦那、もうよろしいですかい？」

「ああ」

不承不承《ふしょうぶしょう》にも、丈一郎は小さくうなずいて見せた。

「三崎屋も、あんな変な奴らに絡まれてりゃ、ひとたまりもねえよな」

別れ際に、時蔵が吐いた聞き捨てならない一言であった。

「おい、ちょっと待て時蔵」

歩き出そうとする時蔵を、丈一郎が呼び止めた。

「まだなんか用があるんかい？」

時蔵が丈一郎を見る目は、もう変わっている。うらぶれた隠居老人でも見るような、蔑《さげす》んだ目つきとなっている。それが、口調に表れていた。

「もう、御用の筋だなんて言える身分じゃねえんでやしょ。だったら、俺たちのやり方に口を出す……」

時蔵の口が止まった。そして、赤かった顔色がにわかに青白く変わった。

「生意気なことを言ってると、阿漕な金貸しってことでしょっ引くぞ」

丈一郎の手に、朱房の十手《じって》が握られている。何もなければ懐から出さずにおこうとしたものだ。時蔵の一言が、丈一郎に十手を抜かせた。

「黙っては、帰せねえようになった。時蔵だけでいい、ちょっと付き合ってくれ」

「分かりやしたぜ」

時蔵が、素直に従う。

「おめえらは、先に帰っててくれ。旦那には、野暮用があると伝えといてくれ」

「へい……」

向こう傷の男が返事をし、四人横並びとなってその場を去っていった。

話をするのに、どこかよい場所はないかと界隈《かいわい》を探す。

稲荷《いなり》神社の脇に、甘辛団子と幟《のぼり》に書かれた茶屋があった。

「ここでいいや」

縄暖簾《なわのれん》を分けて、丈一郎と時蔵が入った。客はみんな女である。四人そろった娘たちの笑い声が、耳に痛く入ってきた。

「別のところに行くか……」

引き返そうとしたところで、声がかかる。

「いらっしゃいませ。こちらのお席にどうぞ」

案内されれば、従わざるを得ない。仕方なく、丈一郎と時蔵は空いている長床几《ながしょうぎ》に並んで腰をかけた。茶と団子しかない店である。女子供が喜ぶような茶屋であった。

「旦那は、隠居してるんじゃなかったんですかい？」

座るなり、時蔵がさっそく訊いてきた。

「おめえらみてえな阿漕な奴が多いんでな、同心の手が足りねえと奉行所から頼まれたんだ。おれみてえな優れた男を隠居にしておくのは、もったいねえってことだ」

北町奉行の直轄だとは言えない。

「へえ、そんな役回りだったんですかい」

「おれたちから、どこで見られてるかしれねえんだぞ。阿漕なことをするんだったら、覚悟してやりな」

「へい、おっかねえもんでやすねえ」

小悪党の、悪徳商売の抑止にはなりそうであった。

「ところで旦那は、三崎屋のことを調べてるんで？」

「ああ、そうだ。なんで、あんな風に落ちぶれちまったかをな」

相変わらず、娘たちの笑い声が話の邪魔をする。丈一郎と時蔵は、体を近づけあって話をしないと聞こえない。

そこに、お咲ほどの齢の娘が甘辛団子と、茶を運んできた。

「おまちどおさま……」

侍と、商人風の客は珍しいようだ。しかも、面を近づけ合っている。どんな関わりだろうと、首を傾げて去っていった。

「さっき時蔵は、三崎屋もあんな奴らに絡まれてちゃって言ったよな。誰なんでぇ、あんな奴らってのは？」

「あっしも、本当の正体は知らねえんですが。三崎屋は、とんでもねえでけえ借金をこしらえちまって、身代《しんだい》を取られたって話ですぜ。なんのために作った借金か知りゃせんが、そんな金を貸し付けてたのがすこぶる悪い奴みてえで……」

「時蔵は、なんでそんなことを知ってる？」

「あっしだって、金貸しの端くれですぜ。金を貸す相手の身元ぐれえ、元いた正木町を回って調べますぜ」

「なるほどな。ところで、悪い奴って言うからには、何かあったのか？」

「半年ほど前、武家と僧侶が駕籠《かご》で乗りつけ三崎屋を訪れたのを見た者が近所におりやして……」

半年前というと、前年の八月《はづき》。

「武家と僧侶？……妙な取り合わせだな」

「ええ、かなり身分の高いお侍と、寺の高僧ってことでしたぜ。それだけだったら話にもならねえんですが、武家と僧侶が帰ったその四半刻後……」

「四半刻後どうした？」

丈一郎は、さらに時蔵の口に耳を近づける。娘たちの声が、同時に耳に入ってくるからだ。

「商人が若い者を二人引き連れ、何やら箱らしきものを運び込んだんですと。今思えば、そいつは千両箱だったかもしれやせん」

「千両箱だと……？」

「へえ、どうやら店が傾いたのはその頃かららしいんで。三崎屋の手代が、店がおかしくなったと愚痴《ぐち》を言ってたのを聞いたことがあると」

「商人から、金を借りたってことか？」

「そのあたりのことはなんとも分かりやせんが、借金だとしたらうなずけるこって」

——四半刻前までいた武家と僧侶が、あとから来た商人と関わりがあるのだろうか？

丈一郎の脳裏に疑問として残った。

お高とお咲からも、事情を聞く必要があると丈一郎は思った。

——いや、音乃がもう聞き込んでいるかもしれん。

抜け目がないと、音乃を信頼している。

「ところで時蔵は、裏富講って聞いたことがあるか？」

「うらとみこうですかい？」

頭を傾げて、考えている。目玉を動かし、落ち着かない。答に迷っているような、表情となった。

「もしかしたら、陰富のでかいやつで？」

時蔵は、知っていた。だが、そのあとの言葉が歯切れ悪い。詳しいことは知らないと首を横に振るが、その様子は何かを恐れているものと、丈一郎は取った。

「なんでもいい。知ってることがあったら、聞かせてくれねえかい」

「いや、とてもあっしらが知ることなんて……」

さらに時蔵の、首の振り方が激しくなった。

「隠していることでも、あるんかい？」

現役のときを髣髴《ほうふつ》とさせる丈一郎の凄んだ目に、時蔵が怯《おび》えを見せた。

「いや、本当に何も……ただ一つだけ言えるのは、うっかりその名を出したら消されちまうってことで」

「消されちまうだと……？」

「ええ。どこに耳があるかもしれねえんで、外じゃやたらと口に出せねえってことでさあ。あっしの周りでも、二人ばかり行方の知れなくなった奴がいやして……」

「裏富講に消されたとでも……？」

「おっと、旦那。気をつけておくんなせえ、その名を出すのは……」

時蔵は、首を回してあたりを警戒する。だが、茶屋には女客がいるだけだ。相変わらず甲高い声で語らい、高らかな笑い声を発している。こんな話には、むしろ都合がいい場所だと、丈一郎は思った。

さらに声音を小さくして、時蔵が言う。その分、丈一郎は耳を近づける。

「裏富講の名はそいつらから聞いたもんですから、あっしは、そうだと睨んでいるんですがね」

「消されたって奴らの名を、教えちゃくれねえか？」

「旦那は、本気で裏富講のことを探るんで？」

「いや、裏富講はどうだっていい。ただ、三崎屋がそこと関わっていたかどうかが知れりゃいいんだ」

音乃を通して聞いていた、利兵衛が語った裏富講の実態と、さらに別の一面を知った丈一郎であった。ここは、相当に警戒をして探らねばならないと答をはぐらかす。どうせ、時蔵の口からは何も出ないであろうと、それ以上つっ込むのを止めた。裏富講の裏側まではつかめぬものの、時蔵の怯えた様子だけでここは十分と踏んだ。

「旦那は、矢立《やだて》をもってやすかい？」

いきなり時蔵から訊かれ、丈一郎は面食らう面持ちとなった。だが、すぐにその意味が分かり、矢立のついた鬼面の根付を帯から外した。

「もちろんもってるぜ」

茶屋から草紙紙を一枚もらい、時蔵は丈一郎から借りた筆で何やら書いた。丈一郎が紙に目を向けると、仮名ばかりで読みづらい。

かんだとみまつちょう　とらごろうだな　はんしち
ばくろちょう　ろくえもんだな　でんきち

意味は分かる。丈一郎は、墨が乾くのを待たずに四つ折りにすると、懐奥へとしまった。

「あっしのことは、黙っておくんなせえ」

「ああ、分かってるから心配するな」

「それじゃ、これでよろしいですかい？」

「ご苦労だったな」

丈一郎の返事を聞いて時蔵は立ち上がると、先に茶屋をあとにした。丈一郎は一人残り、さらに団子を一皿注文すると、それを昼飯代わりとした。

「……かなり身分の高い侍と、寺の高僧と時蔵は言ってたな」

商人からの借金よりも、丈一郎の頭の中はそっちに向いていた。団子を嚙み潰しながら、丈一郎が呟く。利兵衛の話の中に、武士と僧侶というのも出てきている。その二人が裏富講と関わりがあるのは、十分推測できるところだ。

「間違いないだろうが、それがいったい誰かってことだな」

いつしか、大音声を発していた娘たちは店を去っている。丈一郎の独り言が、隣にいる客の耳に届いた。訝《いぶか》しそうな顔を向ける客に、丈一郎は笑いを浮かべて誤魔化すことにした。

六

大名までもが名を連ねている裏富講に近づき、吟味与力の浜岡は命を落とした。探っていたのか、講に参加していたのかまでは定かではない。芝飯倉神明富の当たりくじを元に、今、裏富講は開帳されている。浜岡がもっていた富札でそれは知れた。外で名を出すだけで、消されてしまう。けっして表には出ない闇の組織に、どう立ち向かおうかと、その夕暮六ツを報せる鐘の音を聞きながら、丈一郎と音乃は夕餉の膳を前にして話し合っていた。

「お咲を連れていこうとした時蔵たちに、どれほど借金をしていたか音乃は知っているか？」

「いえ、皆目《かいもく》。娘を売り飛ばそうとのことですから、相当な額かと……」

「それが、違うのだな。一両……」

「えっ？」

音乃の耳が疑った。

「元金が、たったの一両ってことだ。そこに、利息がついて都合五両」

「なんと、阿漕な……」

「それが、高利貸しのやり方ってものらしい」

「左様でしたか……」

お咲たちはもう、青物町にはいない。浜町堀沿いの、久松町の長屋で新しい暮らしをはじめている。

丈一郎の話を聞いて、音乃は思っていた。

——慌てて居を移すことはなかったかしら。

時蔵と話をつけられないほどの、多額の借金ではなかった。元金だけでも返せば、納得するだろうと踏んでいたちょうどその頃、青物町の長次郎店では異変が起きていた。

あとになって、音乃は二人を動かしたことが大正着であったことを知る。

暮六ツの鐘は、青物町の長次郎店にも鳴り渡っていた。

その刻、長次郎店の木戸を潜った二人の侍があった。編み笠を被り、顔を隠す。誰だろうと思うものの、長屋の住民で侍たちに声をかける者はいない。

「この棟の、一番奥ということだ」

「はい……」

腰に大小二本を差し、平袴に羽織を纏った姿は、どこかの家中《かちゅう》の家臣に見える。ただ、編み笠に隠れ面相はうかがえない。一人は薄青色《うすあお》で、もう一人は緑《みどり》を薄くした萌《もえ》黄色《ぎ》の羽織だけが、二人の特徴であった。

侍たちが立ったのは、今朝方まで利兵衛一家が住んでいた戸口の前であった。

「明かりが灯ってないな」

夜に向かうというのに、障子戸の内側からの明かりがなく、二つの編み笠が傾いで見えた。

中に声をかけることなく、薄青色が障子戸に手をかけ乱暴に開けた。建てつけの悪い戸を無理に開けたものだから、戸は敷居から外れ路地側へと倒れ落ちた。侍二人は、かまわず戸を踏みつけ中へと入った。メキメキと、障子戸の桟《さん》が折れる音が長屋中に響き渡る。

「おまえさん、黙って見てていいんかい？」

侍たちの、無法な振る舞いを遠目で見ていた住人の声である。

「しょうがねえだろ。相手は二本差しで、しかも二人だ。のこのこ出てったら、俺はお陀仏でおめえは後家だぞ。どうせ、あそこは空き家だ……」

「お咲ちゃんたちがいたら、大変なことになっていたねえ」

「ああ、引っ越して大当たりだったな……ん？」

「どうかしたんかい？」

「あの羽織の色、どっかで見たことが……そうだ、昼間だ」

「昼間、どうかしたんかい？」

「利兵衛さんの弔いの帰り、東本龍寺の脇道であの色の羽織とすれ違った」

住人は、利兵衛の早桶を担いだ一人であった。気にも留めていなかったので、思い出すのにいく分のときがかかったようだ。

「おい、戸をちゃんと閉めとけ。俺たちは、一切関わりのねえことだからな」

障子戸を閉め、住人の男は夜具に潜《もぐ》り込むとブルブルと震え出した。

土足で踏み込むも、中はもぬけの殻《から》である。

抜き身を手にしているので、お高とお咲がいたら問答無用で斬りつけられていただろう。

「どこかに、逃げおったな」

「長屋の連中から、聞き出すとしますか？」

薄青色が、萌黄色に向かって問う。言葉づかいから、身分に差がありそうだ。

「いや、そいつはまずい。拙者らの素性を、あえてばらすようなものだからな。それと、おぬしが乱暴に戸を開けたものだから、みんな俺たちを警戒しちまって貝のように口を噤《つぐ》むだろうよ。まさか、脅してまでは居どころを訊けまい」

萌黄色が、薄青色を詰《なじ》るようにして言った。

「ここは一応引き上げることにする」

「そうしますか」

抜き身を鞘に納め、出ようとしたところであった。

「番頭さん、障子戸が倒れてやすぜ。踏みつけられて、桟がめちゃめちゃだ」

外から声が聞こえ、侍たちの足が止まった。

「おい、お咲たちが……」

時蔵たちが中をのぞくと、人の動く気配があった。奥は暗くてほとんど見えない。

「おまえらは、なんだ？」

言いながら、侍が二人出てきたのには、時蔵たちも驚いた。

「あっしらは、ここに借金を取りに来たんだ。お侍さんたちは……？」

「残念だったな。もう、ここには誰もおらんぞ」

薄青色が、吐き捨てるように答えた。

「娘と、おっ母さんがいたはずだが……」

「いや、家財道具一つない。嘘だと思うなら、自分らの目で確かめてみろ」

言って侍二人は編み笠をさらに目深《まぶか》に被り、五人を掻き分け立ち去っていった。

「なんでえ、あいつら……」

時蔵は、侍たちが木戸を出るまでそのうしろ姿を見やっていた。その間に、手下たちが中の様子を探り、外へと出てきた。

「あの侍たちが言ったとおり、何も残っちゃいやせんぜ」

向こう傷の男が、残念そうに言った。

「いや、もういい。お咲のことは、あきらめることにする」

時蔵の、引きは早かった。

「番頭さん、そんな簡単にあきらめちまって……」

「ああ、いいんだ。どうせ元金は一両だ。そんなもんで、俺たちが命を落とすことはねえ」

侍のうしろ姿が、時蔵の脳裏をよぎる。昼間、丈一郎と話したことが甦《よみがえ》り、時蔵はブルッとひと震えした。


路地から通りへと出た侍たちは、すでに閉まっている青物屋の大戸を叩いた。

「はいはい、どなたですか？」

応対に出たのは、お梅であった。伜《せがれ》で店主である長次郎は、やっちゃ場に買いつけに行くので朝が早い。夕方から酒をかっくらい、日暮れと共に寝に入る、母子で商う店であった。身代としてもつ青物町と久松町の二個所の長屋は、お梅の亭主が作ったものだ。

「怪しい者ではない。ちょっと、訊きたいことがあるので開けてくれ」

それでもお梅は警戒をした。

「訊きたいこととは、どんなことでしょ？」

大戸を挟んで、問いを返した。

「いいから、開けろと言ってる。言うことを聞かなければ、板戸を蹴破るぞ」

「ちょっと待ってて、くださいな」

高さ四尺ほどの切戸を、お梅はゆっくりと開けた。同時に、二人の侍がなだれ込む。

「こんなところに押し込んだって、盗るものは何もありませんですよ」

きょう日、金に困った侍が強奪目的で押し込むといった話をよく聞く。編み笠を被ったままの侍を、お梅は物盗りと取った。気丈にも面と向かって相対をする。

「拙者らは、夜盗ではないから心配するな。訊きたいことがあると言ったろ」

お梅の相手をするのは、主に薄青色の侍である。萌黄色は腕を組んで後ろに控え、やり取りを見やっている。

「だから、どんなことですかって訊いてますので」

居丈高《いたけだか》の侍に、お梅は怖《お》じることはない。落ち着いた物言いである。

「裏の長屋の家主はここか？」

「ええ、さいですが」

「ここに、利兵衛という者が住んでいただろ？」

「利兵衛さんなら亡くなりまして、今日がお弔いでしたが……」

「それは知ってる。それで、家の者を今しがた訪ねたが、もぬけの殻であった。どこに行ったか知らぬか？」

「ええ、まったく困ったもんで。埋葬に行ったまま、帰ってこないもので。まさか、弔いの日に夜逃げをするなんて誰も思っちゃいませんからね。家賃を溜め込んで払いもせずに消えちまうんですから始末に悪い、酷《ひど》い話ですよねえ」

侍たちの同情を得ようと、面中皺を寄せてお梅は言葉を返した。

「本当に、知らんのだな？」

「こっちが、居どころを聞きたいくらいで。こんな年寄りですから探すこともできず、恩を仇で返すってのは、ああいったことを言うんですかねえ」

お梅の泣き言に、侍たちは無駄と踏んだようだ。

「邪魔をしたな」

侍たちが外に出ると、お梅はピシャリと音を立てて切戸を閉めた。

「……無頼の借金取りではなく、威張った侍たちが来たよ」

どういうことだと、首を傾げてお梅は座敷へと上がった。

「いかがいたしましょう。草の根分けても、利兵衛の母娘を探し出しますか？」

「いや、ここは屋敷に戻って、殿の裁断を仰ぐとしよう」

「せっかく、居どころを探し当てたというのに。まさか、ここからまた逃げたとは思いませんでしたな」

「しかも、弔いの日にだ」

萌黄と薄青色の羽織の肩を落としながら、侍たちはとっぷりと暮れた町中を引き上げていった。

七

長次郎店で、そんなことが起きていることも知らず、音乃と丈一郎の話がつづいている。

「音乃は、三崎屋が潰れた経緯をお咲から聞いてないのか？」

「はい。むろん聞いております。ですが、あまりよく分かりませんで……」

「なんでもいいから、聞かせてくれ」

丈一郎のせっつきに、音乃が語り出す。

通夜を弔う客が途絶えたあと、音乃は三崎屋凋落《ちょうらく》の経緯をお咲から聞いていた。

おおまか、以下の話であった。

三崎屋は代々引き継ぐ老舗《しにせ》で、利兵衛は五代目に当たる。半年ほど前までは、順調とはいかぬまでも、身代は保てるほどの余裕はあった。黙っていても、そこそこの商いを営んでおり、五人ほどの奉公人を使っていた。それが、にわかに傾きはじめたのは、ある日を境にといってよい。

　半年ほど前のその日、お高とお咲は、利兵衛の勧めで下女を伴い堺町《さかいまち》の中村座《なかむらざ》に芝居見物に出かけていた。思い返せば、体《てい》よく家から追い払われたとお咲は回想する。

「――芝居見物に行ってこいだなんて言うのは、お父っつぁんにしては、珍しいことだったわね」

　芝居から戻った夜、利兵衛の困惑した顔があった。肩を落としてうな垂れた、尋常ではない利兵衛の様子に、どうかしたかとお高が問うた。しかし、ただ首を横に振るだけで答はない。お咲の目は、利兵衛の背後に置いてあるものに向いた。木箱が一段に重ねて置いてある。千両箱であるのは、お咲にだって分かる。『――お父っつぁん、何それ?』お咲が指を差して問うたのは、なぜにそんなものがここにあるのかとの意味であった。『いや、なんでもない。おまえたちは気にするな』と語気荒くして、利兵衛は答をはぐらかす。胸騒ぎを覚えるも、お咲はそれ以上問うことはなかった。

　それから二月《ふたつき》ほど経った昨年の十月中ごろ。身形《みなり》の立派な商人が、利兵衛を訪ねてきた。初めて見る客であった。お咲が客を利兵衛の部屋に案内し、人払いをするように障子がピタリと閉められる。『そろそろ、お返し願えませんと……』客の話す声が、耳を向けるお咲に聞こえたのはここまでであった。聞き耳を立てていたとき、いきなり障子が開いたからだ。顔を出したのは、利兵衛であった。『そんなところで何をしている。向こうに行ってなさい』とお咲をたしなめ、再び障子が閉まった。

「――そのときには、お父っつぁんは身代が傾くほどの借金をしていたのね。でも、どうして作った借金なのかは、死ぬまでとうとう聞けなかった。商いはそこそこだったし、商売で作ったのでないのはたしか……今、思い起こせば裏富講。きのう、初めてお父っつぁんからその話を聞いたけど、どうやらそこに因縁がありそう。ねえ、おっ母さん。裏富講のことはずっと、黙っていたものね」

お咲の問いかけに、お高がうなずいた。さらに、お咲の口からその後が語られる。

「そして、三月ほど前……」

五千両が当たったと、利兵衛から告げられる。音乃とお咲が南通町の道で出会ったのは、ちょうどそのころであった。

喜んだのはつかの間であった。その一月後、『五千両ではぜんぜん足りない』と、利兵衛が頭を抱えた。店を手放すことになったと悔恨込めて言う。そしてさらに痛烈な言葉が、お高とお咲に降りかかる。『わしは、嵌《は》められた。ここにいてはそろって殺されるだけだ。逃げなくてはならない』と、蒼白となった利兵衛の顔は、今でもお咲の目に焼きついている。五人ほどいた奉公人たちには給金を与え、すでに暇を出している。着の身着のまま、夜中を待って一家は三崎屋をあとにした。まさしく夜逃げである。青物町の長次郎店に住んだのは、明け方になって店の前をわずかな家財を積んだ大八車を牽きながら通りかかったからだ。店が開いていて、長次郎が野菜を戸板に並べている。『裏の長屋は空いてませんか？』と、お咲が訊いたのがきっかけであった。利兵衛の体の具合が悪くなったのは、青物町に移り住んでから間もなくのことであった。心労が祟《たた》って、心の臓が発作を起こすようになり、それからというもの、起き上がることもできなくなった。

「あたしが話せるのは、ここまで。もう、何がなんだか分からなくて」

あとは嗚咽《おえつ》となって、お咲は言葉にならない。慰めようにも言葉が見つからず、音乃は黙ってお咲の落ち着くのを待った。

「お父っつぁん、いったい何があったというのよ！」

早桶に納められた利兵衛に、涙声で語りかけるも、答が返るものではない。

「お咲ちゃん、必ずお父っつぁんの仇はとってあげる」

泣き崩れるお咲の背中に、音乃はそっと小声で話しかけた。それは、自分にも向けて語りかける、決意の表れでもあった。

志保にお高にお咲。大事な人を失った悲しみは、音乃には痛いほどに分かっている。

音乃はそっと腰を上げると、薄壁一枚で仕切られた、隣家へと移っていった。

丈一郎は音乃の話を、ときとしてうなずき、ときとして顔を顰《しか》めながら聞いていた。

次は、丈一郎が語る番であった。

「音乃たちが長屋を出ていったあと、わしは時蔵たちのあとを尾《つ》けてな……」

甘味茶屋で、時蔵から聞いた話を丈一郎は語った。

音乃との、話と照らし合わす。

「お咲とお高が芝居を観に行った日というのが、半年ほど前と言っておったな」

「はい。お義父さまに、心当たりがございまして？」

「ちょうどそのころ、三崎屋に武家と僧侶が訪れ、そのあとに商人が金を運んできたと時蔵が言っておった。そのあたりから、三崎屋はおかしくなっていったらしいともな」

音乃と丈一郎の話に、一つだけ接点があった。

「もしや、お高さんとお咲ちゃんを芝居に行かせて遠ざけたのは、お武家と僧侶に会わせたくないため？」

大いに考えられることだと、音乃は大きくうなずいた。ふーむと、得心をしたような鼻息が形の整った鼻の穴から漏れた。

――もしかしたら、高貴なお武家と一緒に三崎屋さんを訪れた高僧というのは、芝東本龍寺の大聖僧芳円様では……？

それならば、お高もお咲も顔を知るところだと、利兵衛が二人を店から遠ざけたのはうなずける。しかし、そうと決めつけるのは早計である。ただ、僧侶というだけでなんの根拠もない。しかし、しかも、大寺院の最高位が直に町屋の商家を訪れること自体がおかしい。音乃の脳裏から、東本龍寺の大聖僧芳円の名がいっとき消えた。丈一郎の前で、その名を出すこともなかった。

「その武家と僧侶ってのが、裏富講に関わっているとわしは睨んでいる。とりあえず探るのは、その筋からだな」

だが、どこからどう探ってよいのか。手がかりらしきものが見つかっただけで、その先はまだ真っ暗闇の中である。

「そうだ、音乃。裏富講の名を出すときは、気をつけて語れ」

丈一郎は、時蔵から聞いた話をして、注意を促した。

「それでもってな……」

懐から、四つ折りの紙を取り出すと、音乃の膝前に広げた。不思議なものでも見るように、音乃の目が草紙にそそがれた。仮名ばかりの文字を、目を細めて読む。

「かんだとみまつちょう　とらごろうだな　はんしちと、ばくろちょう……住まいとお名のようですが？」

「時蔵が書いたものだ。この二人は裏富講のことを知っており、どうやらそれが元で消されたらしい」

「消された……？」

「行方が知れなくなったということだ」

「明日の朝、これをもって梶村様のところに行こうと思っている。事件として奉行所が、扱っているかもしれんしな。詳しく知るには、そっちのほうが手っ取り早いだろう。それと、この者たちの周囲を探るには危険が伴ないそうだ」

茶屋で語る時蔵の震える声を思い出し、丈一郎は一言添えた。

「お高さんとお咲ちゃん、大丈夫かしら？」

不安が、音乃の脳裏をかすめる。

借金取りだけでなく、武家までもが二人を捜していることを、音乃はまだ知らない。

翌日——。

丈一郎と音乃は朝稽古を休んで、夜も明けないうちから動いた。

朝駆けで、与力梶村の役宅を訪れた。与力の朝は、早い。奉行の榊原が登城する前に出仕し、打ち合わせをしなくてはならないからだ。

六ツ半には、屋敷を出てしまう。少なくも、その半刻前には目通りを願わなくてはならない。急用のときは、互いが承知のことであった。

二人で動くこともなかろうと思ったが、今は互いに見聞は共有してなくてはならない。梶村の話を直接聞こうと、音乃も同行することにした。

「二人そろってきたか、朝早くご苦労であるな」

「こちらこそ、出がけの慌しさの中、ご無礼を……」

「余計な、詫びはいい。用件を申せ」

いつも、決まった挨拶からはじまる。

「お奉行所で、これを調べていただきたく……」

言いながら、丈一郎は仮名が書かれた紙を差し出した。

「これは……？」

「最近行方知れずになった者たちです。お奉行所が、事件として扱っているかどうかを知りたいために……」

「ならば、直《じか》に探ればよかろうに……いや、すまぬ。それができるようなら、わしのところには来ないであろう」

これこそ余計なことと、梶村は気づいて詫びた。

「与力様は、裏富講というのをご存じでございましょうか？」

「うらとみこう……？」

音乃の問いに、梶村の首が傾いだ。

「浜岡の事件には、裏富講が絡んでいると言うのか？」

「やはり、与力様はご存じで……」

「いや。闇の組織と聞いたことがあるが、実態は把握しておらん。町奉行所の範疇《はんちゅう》でもあらんしな……」

一番与力の梶村でも、ほどんど知らないという。裏富講の闇の深さを、音乃は改めて知る思いであった。

「先だって、お奉行様のところに届いた書状の中に『――この一件』とありましたが、このという意味は裏富講のことではないかと推察できます」

音乃の語りに、梶村がぐっと体を前にせり出した。

「詳しく聞こうでは……と思ったが、今朝はいつもより早く出ねばならん。お奉行が、急かれてるのでな。よし、夕刻なるべく早く戻るので、そのとき話を聞かせてくれ。この書付けのことは調べておく」

「かしこまりました」

丈一郎と音乃が、そろって頭を下げた。

「これは預かってもよいか？」

「はい、元よりそのために……」

丈一郎が、梶村の問いに返す。

「……ん？」

書かれた仮名文字を一瞥して、梶村の首が一瞬傾いだのを音乃は見逃さない。

「どうかなされまして？」

「いや、ちょっと聞いたような名が書いてあったのでな。思い過ごしかもしれん」

音乃の問いに梶村は表情を戻すと、書付けをしまった。

梶村との、朝の面談はここまでとなった。

第三章　狢《むじな》の悪だくみ

一

陽春の日差しが、朝から降り注ぐ。

鶯《うぐいす》が飛び交い、梅の木に止まっては美しい啼き声を聞かせてくれる。桜の蕾《つぼみ》も膨らみをもち、開花を待ち焦がれている。暖かい日になりそうだ。

「……いい陽気」

音乃の呟きとは裏腹に、この日を境に事件は大きく動くことになる。さっそく、その兆《きざ》しがあった。

朝餉を済ませしばらくしたら、音乃は久松町に移ったお高とお咲の様子を見にいこうと決めていた。

梶村の役宅から戻って、半刻ほどしたころである。

「これからお咲ちゃんのところへ……」

出かける仕度を整え、丈一郎に告げたときであった。

「ごめんくださいな……」

遣戸が開く音と、男の声がほぼ同時に聞こえてきた。

「あたしが出ましょう」

律が戸口先に行って、すぐに戻ってきた。

「音乃に、お客さまが……」

「どちらさまで？」

「職人さんみたいなお方。待たせては、申しわけないですよ」

律に促され、音乃は戸口へと向かった。

「あら、五助《ごすけ》さん……」

音乃の知る顔であった。きのう、早桶を担いで東本龍寺に行った四人のうちの一人であった。何かあったらと、音乃は住まいを言ってあった。

「お上がりになって……」

「いや、草鞋《わらじ》を脱ぐのが大変なんで……」

五助は左官職人であった。現場が近くで、仕事の合い間をみて来たと言う。

「ご苦労さまで。それで、何かございました？」

「へえ……」

五助の口が止まったのは、丈一郎が奥から出てきたからだ。

「上がってもらったらどうだ」

「すぐに現場に戻りやせんと、話はすぐにすみやすんで」

戸口先での、立ち話となった。

「きのうの暮六ツごろ……」

五助は、お咲のところを訪ねてきた侍二人の様子を語った。

「その侍というのが編み笠を被っていて、面《つら》は見えなかったですが、着てる羽織の色に覚えが……。帰りの道で芝の東本龍寺の塀沿いですれ違った二人の侍に、音乃さんは覚えがねえですかい？」

「えっ？」

気にもしてなかったので、音乃ははっきりと覚えてはない。

「そういえば……」

人通りの少ない道である。向こうから、二人の侍が歩いてくるな、くらいのことしか思い浮かばない。

「五助さんは、よく覚えてましたね」

「これでも左官屋で。羽織の萌黄を見て、今日の段取りの土壁の色を決めましたんで。長屋に来た侍たちは、あいつらに間違いありやせん。とりあえず、それだけを告げに……あっしは、これで」

用件だけ告げると、五助は足早に去っていった。

五助が残していった話に音乃は驚き、しばらくは式台から動けないでいた。

音乃の心《しん》の臓《ぞう》の動悸が止まらないでいる。お高とお咲の住まいを移しておいてよかったと、ほっと安堵のため息が漏れた。そして、何よりも驚いたのは、お咲たちを襲った侍たちであった。

——東本龍寺と、関わりがある。

侍たちが、東本龍時の山門を潜《くぐ》ったかどうかは背にしていたので分からない。ただ、塀の脇ですれ違ったというのはあまりの符合である。

「いつまで、そんなところにつっ立っている？」

丈一郎の声に、音乃はわれに返った。部屋に戻ると、丈一郎が腕を組んで難しい顔をしている。

「驚いたな、今の五助の話には……」

丈一郎も、同じ思いであった。

「はい……」

音乃の返事は、気のないものであった。

「どうした、音乃？」

「もし、お高さんとお咲ちゃんを動かしてなかったら……」

「二人とも、殺されてたってことか。危ういところであったな」

「腰が抜けるほど、ゾッとしています。それにしても、なぜ……？」

お咲たちが襲われたかと、疑問に思うも答は一つしかない。

「裏富講のことが知られていると思われての、口封じ以外にないな」

「わたしも、そう考えていたところです」

「こいつは、ますます気を引き締めてかからなければならん」

丈一郎が、眉間に皺を寄せて言った。

身の破滅を賭してまでの、賭博《とばく》組織である。相手も命懸けであるのに違いない。少しでも探りが露見したら、有無を言わさず襲ってくるだろう。

自分の身よりも、音乃はお咲たちのことが心配であった。久松町の裏長屋が、どこでばれるか分からない。

「……ん？」

ふと、音乃の脳裏によぎることがあった。

「どうかしたか？」

音乃の表情の変化に気づき、丈一郎が問うた。

「なぜ、青物町の長次郎店が分かったのかしら？」

独り言のような、音乃の口調であった。

「なんだと？」

言葉が聞き取れず、丈一郎が再度耳を傾けた。

「いえ、お咲ちゃんが住んでいる長屋を、なぜ侍たちは知っていたのかと考えてました」

お咲は、仲のよかったお初にしか居どころは知らせていなかったという。お初の口から漏れたものでないのは、音乃も承知している。

「ならば、誰から？　……あっ、あのとき」

埋葬の前に、副管主である芳才に向けてお咲が自らの口で住まいを言った。

「まさか、芳才様が……？」

音乃の頭の中は、混乱をきたした。あの温厚で、釈迦の生まれ変わりのような人格者が、とは到底思えない。

「……いや、もう一人聞いていた者がいる」

それは、小坊主の珍念である。これも、まさかである。

「どうした？　さっきからぶつぶつと……」

音乃の独り言を、丈一郎は意味がとらえられず問うた。

「実は、こういうことでして……」

音乃は、気が逸《はや》る口調で独り言の意味を説いた。

「なるほど。寺の副管主か小坊主のどちらかが、お咲たちの居どころを侍たちに告げたというのか」

「今は、それ以外に考えられません。ですが、人格者の芳才様とまだお子のような珍念さんが……まさかという気もします」

「いずれにしても、誰かによって侍たちの耳に、お咲たちの居どころが伝わったのであろう。ここであれこれ考えていても、仕方あるまい。とりあえず、頭の中に置いて……」

「お義父さま、これから青物町に行ってまいります」

丈一郎の話を途中で止めて、音乃は腰を浮かした。

「長次郎店にか？」

「はい、お梅さんのところに。もしや、侍たちは長屋を出たあと、大家であるお梅さんを訪ねたかもしれません。胸騒ぎがしてきました」

「考えられるな。よし、すぐに行ってきなさい」

音乃の足は、急《せ》くようにして青物町へと向かった。


店番が、お梅の仕事である。

「その青菜は、おみおつけにするとうまいよ」

音乃が駆けつけると、お梅は客の相手をしている。きのうと同じ風景に、音乃はなぜか気の休まる思いとなった。少なくも、お高とお咲はまだ無事であるとの勘が働いた。

客がいなくなるのを待って、音乃は青物屋に近づいた。

「こんにちは、お梅さん……」

「おや、あんたかい。きのうは、ご苦労さんだったねえ」

「こちらこそ、お世話に……」

「ところであんた……」

お梅が、音乃の言葉を遮った。訊く前に、お梅のほうから語り出す。

「お咲ちゃんたちを、移しておいてよかったよ。いやさ、夕べね……」

案の定、二人の侍がお咲たちの行方を捜しに訪れていた。

「これはまずいと、あたしゃ惚《とぼ》けるだけ惚けたさ。逃げられて困ってるのは、こっちだと言ってね。まあ、それで侍たちは引き上げていったけど……」

「侍たちって、どんな感じのお人でした？」

「面相かね？」

「ええ……」

「二人とも編み笠を被ってたので、顔は分かんなかったね。そうだ、一人のほうは、顎《あご》に傷が見えたね。このあたりに、三日月形の……」

お梅が、自分の顎に指で傷痕の形を示した。

「瘡蓋《かさぶた》は取れてたので、あれは古い傷だね」

背の低いお梅は、下からのぞくことができた。しかし、顔全体の様子は陰となってうかがえない。

「あの侍たち、障子戸を壊していきやがってね、まったく乱暴ったらありゃしないよ」

修繕するのはこっちだと、嘆きがお梅の口をついた。

そのことは、五助からも聞いている。戸を壊してまでも踏み込む侍に、音乃は震撼《しんかん》する思いであった。

お梅が居どころを言わなければ、当座お咲たちは安全だろう。お咲たちの居どころは絶対に内緒と念を押し、音乃は青物町をあとにした。それでも、不安は拭えない。

音乃は足を、久松町の長屋へと向けた。

青物町から久松町へは、江戸橋を渡り十町ほどである。

浜町堀を渡ると、町屋の外れとなる。武家屋敷に囲まれるように、久松町がある。

音乃がお咲のところに向かったのは、様子を見るのと、注意を促すことにあった。

魚河岸の活気を横目にし、六助橋《ろくすけばし》で西堀留川《にしほりどめがわ》を渡る。途中、堺町の中村座の芝居小屋の前を通り、真っ直ぐ行けば浜町堀に当たる。

中村座の前は、さすがにぎやかな通りである。出し物の看板に、人々は目を奪われて人だかりができている。

庇《ひさし》に掲げる中村座の大看板を見て、音乃はふと思い出すことがあった。それは、通夜の日に聞いたお咲の話の中にあった。

半年ほど前、三崎屋のお高とお咲は、中村座に芝居を観にきていた。主《あるじ》利兵衛の、体《てい》のいい人払いだったという。その頃から、三崎屋はおかしくなっていった。

「おそらく……これは、あくまでもおそらく……」

断りを呟き、音乃は考える。半年前のその日、三崎屋には普段は見られぬ来客があった。身分の高い武士と、僧侶というのは丈一郎から聞いた話である。高利貸し時蔵からの、又聞きであった。音乃の脳裏に、それが交わりとなって刻まれる。

「……裏富講か」

大きな声では口にできない言葉が、音乃の呟きとなって出た。

二

むろんお高とお咲は無事であった。

「こんなことがあったので、気をつけて」

借金取りよりも、口封じのほうが遥かに危くなってきている。音乃が昨夜の出来事を話すと、お咲とお高の顔に怯えが走った。

「でも、大丈夫……」

自信を込めて言ったもののの、音乃にも一抹《いちまつ》の不安が宿っている。いつ居どころが露見するかも分からない。絶対に安全という保証は、どこにもないのだ。手数、足数をかけて捜されれば、江戸のどこに隠れていたって見つかってしまう。ここにいるのは、姑息《こそく》という一時凌《しの》ぎにすぎない。いずれは、時の問題なのだ。

――二人を救う、最善手はないのか？

お高とお咲を目の前にして、音乃は模索する。すると、子供のころより精通している『孫子《そんし》の兵法』が頭の中に浮かんできた。

「たしか、九変篇《きゅうへんへん》の章だったかしら……戦場の変化に対応せよ……」

独《ひと》りごちながら、思い浮かべる。

九変とは、多様の変化のことをいう。まとめれば、臨機応変の備えをせよという教えである。その一項に、こんなのがある。

『相手の出方を勝手に都合の良いほうに考えるな』

要約すると――。

用兵をする上で、敵が来ないと都合よく考えるのではなく、いつ来てもよいような備えをするべきとの教訓である。

だが、お高とお咲のか弱い女二人で、どのような備えをすればよいのか。

音乃は、解釈をいく分曲げて考えた。それこそ、臨機応変の構えとして、一つの案が浮かび上がる。

「相手が、攻撃をしたくてもできない備えか……ふーむ」

この場合は、お咲たちが見つかったとしても、手出しができない手立てを考えること。

「……難しいなあ」

考えるも、具体策が思い浮かばない。

「音乃さん……」

お咲の、不安げな顔が向く。だが、二六時中《にろくじちゅう》二人を守ってあげるわけにはいかない。

「ちょっと待って、今手立てを考えているから」

再び音乃は、思案の淵に沈む。

「……逆の発想」

「もういいのです。私たちがどうなっても、覚悟はしておりますから」

音乃の呟きと、お高の弱音が同時に吐かれた。音乃の耳に、お高の言葉は入っていない。

——二人の口を封じるのが無駄だと思わせることさえできれば、手を引くはずだ。

相手にとって一番恐れるのは、裏富講の実態が世間に伝わることにある。すでに利兵衛の口から、漏れていると取っているのだ。

――ならば、大声あげてこっちに相手を振り向かせればいい。この二人に目を向けさせなければよいのだ。

自らの危険を覚悟しなければ使えない策である。だが、このくらいのことをしないと、真相の解明はおぼつかない。

孫子の兵法の一項に、こういうのもある。

『敵を誘い出す方法』

こちらの弱点をわざと相手に見せて、相手が食らいつくようにさせる。誘《おび》き出しの法則である。そうすればお高とお咲の身を守るのと、裏富講の実態を探るのに一石二鳥の効果を産むことができる。

「それしかない」

音乃は意を固めると、母娘二人に説いた。

「それだと、音乃さんが……」

殺されると、お咲は怖くてみなまで言えない。

「わたしのほうは心配しないで、うまくやるから。それよりも、お咲ちゃんはおっ母さんを守ってあげていてね」

「はい、分かりました」

音乃に申しわけないと遠慮するか、お咲の返事は蚊の鳴くほどに小さかった。

「それでも万が一、侍たちが来たらいけないから障子戸につっかえ棒は忘れないで。裏からいつでも逃げられるように、寒くても雨戸は閉めない。それと金輪際《こんりんざい》、外で裏富講のことは口にしちゃ駄目。それから……」

懇々とお高とお咲に向けて注意を促し、音乃は久松町の長屋をあとにした。余計な気遣いだとも思ったが、注意は自分から率先しなくてはならない。長屋を出る際、音乃は周りの気配をうかがうに怠りなかった。


夕《ゆう》七ツを報せる鐘の音《ね》が、霊巌島にも届いた。

巽家に、与力梶村の使いが来たのは、三つ目の鐘が鳴ったときであった。

「殿がお戻りになっております。急ぎ来られたしとのことでございます」

音乃も丈一郎も、すでに出かける仕度はできている。使いと共に、梶村の屋敷へと向かった。

梶村の様子は、二人を待ちわびていたか、顔が赤く上気している。

「お待たせを……」

「そんな挨拶は、どうでもよい。それよりもだ……」

「どうか、なされましたか？」

音乃が一膝繰り出して問うた。

「今朝ほどもらった書き付けだが、一人のほうに大変な事情があるのが判明したぞ」

「何がございましたと……？」

丈一郎も、体を乗り出して訊いた。

「半月ほど前に、伝馬町の牢屋敷で火事騒ぎがあったのを知っておるか？」

「囚人の切り放しにおよんだと聞きましたが、詳しくは……」

丈一郎が答え、音乃は首を横に振った。

「揚《あが》り屋と大牢の一部を焼いただけで、大火には至らなかったから、不幸中の幸いであった」

書き付けにあった名と、伝馬町の小火《ぼや》のどこに関わりがあるかと、音乃の首が小さく傾いだ。

「牢屋敷から火が出て一番難儀なのは、火を消すのはむろんのこと、囚人たちの扱いだ。重罪人は一人ひとり縄で縛り安全な場所に移すが……」

梶村が、牢屋敷での火災の際の対処を説きはじめた。定町廻り同心であった丈一郎は、一から聞かなくても知っていることだ。梶村の話を急かそうと、体を伸ばして意思を伝えようとした。

「それで、どうなるのでございましょう？」

音乃のほうは、初めて聞く話である。興味津々《しんしん》とばかり、丈一郎とは逆に体を乗り出した。

「軽い罪の者は、三日と限っての切り放しとなる。その間、自由の身になるということだな」

「囚人にとっては、嬉しいでございましょうね」

「そりゃそうだろう。その間は、どこに行ってもかまわんのだからな。ただし、三日後の暮《くれ》六ツまでには、本所回向院《ほんじょえこういん》に戻らなくてはならない。もし、刻限を破るようであったら、問答無用で斬首だ」

梶村は、首に手刀をあて斬る仕草をした。

「きちんと戻れば、罪一等を減じられる」

「それで、どうなりましたと？」

蘊蓄《うんちく》を聞いていても、丈一郎としてはまどろっこしいだけだ。堪らず口を挟み、梶村の話を促した。

「半月ほど前……」

梶村の話が本題に入った。

火事は夜半、西二間牢あたりから出火し、西大牢と奥揚り屋、口揚り屋の一部を燃やして他に延焼もなく鎮火したと、調書には書かれていた。牢屋の一部を焼き、延焼を免れたのは幸いであった。火事の原因は、壁に掛かる燭台の火が隙間風に煽《あお》られ、壁板に燃え移ったものとの後の判定であった。

このとき東西の牢屋には、およそ三百五十人の囚人が投獄されていた。西の口揚り屋には、女囚が収監されている。その数、五十四名であった。囚人を焼死させてはならないと、切り放しの処置が取られた。三日後の暮六ツまでに、本所回向院の境内に戻れば罪一等を減じ、もし掟《おきて》を破れば即刻死罪とは、梶村が今しがた言った。

「だが、期限の三日が過ぎても、戻らない者が三人いての……」

「三人もですか？」

音乃が、驚く様相で訊いた。

「ああ。必ず一人か二人は、そんな不心得者がいるものだ。このたびは、それが三人であった。二人は男で、一人は女だ」

「一人は女ですか？」

大胆な女もいたものだと、音乃の表情は強張《こわば》った。

「男の一人はすぐに捕まり、すでに小塚原《こづかっぱら》で首が晒《さら》されている。だが、いまだ見つからない男と女がいる。女の名はお富《とみ》といってな、女盗人で、商家の蔵に盗みに入った咎《とが》であった。そして、男のほうだが……」

梶村の口が、いっとき止まった。手を懐にもっていき、四つ折りの紙を取り出したからだ。

「まさか……？」

音乃は、梶村の仕草に言葉を漏らした。

「その、まさかだ。この二人のうちの片方が、逃げた者の名にあった」

「消されたというのではなかったので？」

「捕まって、伝馬町に収監されていたのだな。馬喰《ばくろ》町は六衛門店《ろくえもんだな》に住む伝吉《でんきち》という者で、齢《とし》は三十だ。かなり真面目な男で、近所では評判だったそうだ。とても悪さをして捕まるような者でないとな」

「何をしている男でしょう？」

「それが、かなり腕のいい指物師《さしものし》とのことだ」

「指物とは、箱とか箪笥《たんす》とかを作る職人のことでございますか？」

知ってはいても、音乃はあえて問うた。

「ああ、そうだ。かなり手先が器用で、客の注文があればなんでも作ってしまうほどの、名うての職人らしい」

「そんな男が、なぜにして捕まったのでしょう？」

「調書によると、居酒屋で喧嘩をして相手を仕事道具の金槌《かなづち》で殴ったらしい。見ていた者によると、相手がしつこくちょっかいをかけ一方的に悪かったようだ。我慢をしていた伝吉だが、よほど肚《はら》に据《す》えかねたか、ゴツンとやってしまった。喧嘩は両成敗だが、凶器を使った伝吉のほうが、分《ぶ》が悪い」

「よろしいですか、梶村様？」

音乃が、首を傾げながら問う。

「それは、いかほどの罪になるのでございましょう？」

「百叩きまではいかなくて、せいぜい五十叩きで赦免《しゃめん》であろうな。お富のほうは、もう少し罪が重いが」

伝吉のほうは微罪で、五日もすれば解き放しになる見込みだった。お富だって、せいぜい江戸ところ払いだろう。いずれにせよ、命を懸けて逃げ回るほどの罪ではない。

「それほど軽い罪なのに、なぜに戻ってこなかったのでしょう? 三日後まともに回向院に戻れば、罪一等の減免で五十叩きもなくなるのでは。そのあたりが、腑に落ちないかと」

「まったく音乃の言うとおりだ。このことを早く報せたくてな、早帰りをしたのだ。それと、今朝ほど言っていた、裏富講というのに関わりがありそうなのでな。どこまで調べが進んだか詳しく話してくれんか」

「かしこまりました。その前に、もう一人のはんしちと書かれてあるほうは、いかがなことに……?」

「それは、神田富松町《かんだとみまつ》寅五郎店《とらごろうだな》に住む半七《はんしち》という男だ。二十日ほど前、本所竪川《たてかわ》の水に浮かんでいた。すでに、事故死として処理がされている。素性は、露店をシノギとする的屋《てきや》の子分ということだ」

「……的屋の子分?」

裏富講の集まりの中に、香具師《やし》の元締めが交じると聞いている。それと関わりがあるかどうか、今は分からない。音乃の頭の隅に、半七という名が刻み込まれた。

三

切り放しから逃げ果《おお》たせた、伝吉とお富に話が戻る。

「奉行所の威信にかけてもと、半月以上も捜しているが、一向に見つからない。どこかに隠れているのだろうが、見当もつかん」

「なぜ見つからないのか、どんなことが考えられるでしょう？」

音乃の問いに、梶村が答える。

「一つには、すでに殺され地中深く埋められているかだ。丈一郎ならどう考える？」

丈一郎にも意見を聞こうと、問いが振られた。

「江戸の府外に逃れたか……」

「死罪が決まり、逃げて命が助かるというなら、それもありうるが……」

「微罪でもって、一生逃げ惑う道を選ぶなどということは、誰もしないでしょうな」

丈一郎が、自らの意見を引っ込めた。

「他には、何が……？」

「町奉行所の、手が届かないところに匿《かくま》われたか……いや、連れていかれたかだな」

「そこってもしや、お寺も含まれますか？」

「ああ、神社仏閣はありうるな。それと、武家屋敷も……音乃に、何か覚えがあるのか？」

梶村の問いに、音乃は女の姿を思い浮かべていた。東本龍寺の境内にいた、洗い髪の女が脳裏をよぎる。副管主の芳才が、行き倒れていたのを連れてきたと小坊主の珍念が言っていた。

音乃は、ここでその話をすべきかどうか迷った。憶測の範囲でもあるし、まだ裏富講のことを梶村には話していない。順序立てて語らなければ、頭が混乱するだけだろうと言葉を押さえた。

「はい。その前に、裏富講のことを……」

「そうだった。ところで、お奉行に裏富講のことを訊いたが、知らんと言って顔をそむけられた。あれはむしろ、隠しておられるような様子であった」

側近中の側近である筆頭与力の梶村にも、奉行の榊原は、深くは語らずにいる。町奉行所が手を焼くのは、幕府も揺るがすほどの大物が、裏富講には絡んでいるからと榊原は言った。梶村が聞いたのは、それだけであった。梶村にしても、詳細は二人から聞くしかないのである。

「そうだ、お奉行はこんなことを漏らされた。小さな声だったので、よく聞き取れんかったが『……あ奴ら、嗅ぎつけたか』とかなんとか。あ奴らとは、もしやおぬしらのことを指しているのではないかと思ってな。よくよく考えれば、話は丈一郎と音乃から聞けとの暗示だったのかもしれん。そうとすれば、お奉行の態度もうなずける。どこまで探れたか、早く聞かせてくれ」

「かしこまりました。それでは音乃、例のものを梶村様に……」

要領よく梶村に語るにはと、すでに二人の間で打ち合わせはできている。

「はい」

音乃は、胸元から二枚の紙札を取り出した。裏富講の富札であった。まずは、この切り出しからはじめる。

「なんだこれは？」

梶村も、初めて目にするものであった。

「これが、裏富講の実態です」

「実態……？」

「裏富講とは、闇の富くじでございます」

「陰富ってことか？」

「世間でおこなわれる陰富と似て非なるところは、とんでもなく大きなお金が動くことにあります。これが裏富講の富札でございます。この一枚は、亡くなった浜岡様がもっていたものでした」

語るのは、音乃であった。息を引き取る間際に、利兵衛が語った裏富講の実態と、お咲たちの現状を語った。金貸しの時蔵から聞いたことは、丈一郎の口から説いた。

四半刻ほどをかけて、梶村に説明がなされた。

「ふーむ……」

ときどき鼻から荒い息を吐いて、梶村は二人の語りを聞いていた。

「大まかですが、これまでに分かっているところです。まだまだ不明なところが多々ありますが、これからの探りということで……」

丈一郎が一言添えて、経緯を語り終えた。

畳に置かれた二枚の富札を、梶村が目を落として見ている。

「もう一枚が、利兵衛さんがもっていたものでございます」

「……この一枚が十両か、ふーっ」

大きくため息を漏らし、あきれ果てたような梶村の表情であった。

途中、言いはぐれていることもあり、かけ合いはつづく。

「はい。当たると、五千両に……。今では一度の富くじで、一万両とも、二万両とも動くといわれております」

「なるほど。これほどの大賭博は、どこの博奕《ばくち》打ちだってやってはおらんぞ」

「裏富講に関わる客は、お大名を含めみな身分が高いお武家か僧侶。商人は大富豪たちばかりです。遊びが高じたとはいえ、こんな大博奕が表沙汰にでもなりましたら、お偉い方たちばかりですので、身の破滅が真っ先に心配になります。そんなことで、裏富講の実態を知っている者は、関わる者以外ほとんどいないのが現状のようです」

「たまさか、裏富講と名を出しただけで、その者は消される運命にあるということか？」

「そのようで、ございます」

「浜岡は、そんな危ないことに関わっていたのか？」

「はい。ですが、裏富講を探ってのことか、客であったのかは定かではありません。亡くなった事情《わけ》も含め、これから探るところでございます」

「客ということは、なかろうなあ。与力といえど、一枚十両もするものを、おいそれと買えはせんぞ」

「いえ、そこはまだなんとも……。いずれにせよ、何らかの事情で殺されたのでございます。富松町の半七という男も、事故で死んだのではございませんでしょう」

「ならば、伝吉はなんとする？　殺されたのではなく、伝馬町の大牢にいたのだぞ」

「まだまだ、分からないことだらけでございます。伝吉のことも、今しがた聞いたばかりで、裏富講といかように関わるかはなんとも……」

逸《はや》る気持ちの梶村を落ち着かせるように、丈一郎が答えた。

「左様であったな。しかし、短い間で、これほど探れただけでもたいしたものだ。さすが、お奉行の目に適《かな》った者たちだ」

「いえ。調べはまだ、とば口であります」

梶村の賞賛を、音乃が軽くいなした。

「なんとも、奉行所が手を出せんのがもどかしいな」

「何とぞ拙者らに、お任せください。どうやらこれは、お奉行様と裏富講の勧進元との戦《いくさ》の様相を呈してきました」

丈一郎が、畳に拳を突き刺すように置いて言った。

「ここはむしろ少人数でかからねば、犠牲者が増えるばかりかと存じます」

丈一郎と音乃の決意に促され、梶村は大きくうなずきを見せた。

身も凍てつくような、修羅場《しゅらば》にこれから踏み込んでいく。正念場はこれからだと、音乃は口には出さず、代わりに笑みを浮かべた。影同心という仕事のやり甲斐を、改めて感じていた。

結局、東本龍寺にいた女のことは、梶村には黙しておいた。

奉行所が、躍起となって捜しているお富という女囚かもしれない。だとすれば、いつまでも捜してもらっていたほうが相手への目くらましになって、裏からの探りがしやすいと考えたからだ。

梶村との話は、一刻以上におよんだ。

役宅を出ると、すでに日が暮れていた。西の方角に、いく分の明るさが残るだけである。残光は、江戸の町からずっと遠のいている。月の出も遅く、足元を提灯で照らさなくては、歩きづらい帰り道であった。

梶村のところから、銘々に提灯《ちょうちん》を借りている。

音乃は、浜岡の家に行って志保の様子を見てこようと考えていた。ここは女一人でよいと、丈一郎とは辻で別れた。

提灯の明かりが一つ辻を左に折れて、一町先の、浜岡の役宅の前に立った。

浜岡が生きているときに仕えていた下男たちは、すでにいなくなっているはずだ。ここ数日で志保も実家に戻り、役宅は明け渡すと聞いている。今、この家に住むのは志保だけであった。

柱に横木を渡した冠木門《かぶきもん》の、脇戸の閂《かんぬき》がかかっていない。

「……お一人なのに、物騒」

呟きながら脇戸を潜《くぐ》り、音乃は中へと入った。

「おや？」

玄関の引き戸が、一寸ほど開いている。音乃は、音を立てずにゆっくりと戸を開けた。

ごめんくださいと、音乃が中に声を飛ばそうとしたところであった。

「だっ、誰かー！」

助けを求める志保の絶叫が聞こえ、音乃は草履《ぞうり》を脱ぐことさえ忘れ駆け上がった。声は、仏間のほうから挙がった。先だって弔問に来て、その部屋は音乃も分かっている。廊下を一目散で、駆け寄った。

障子戸は開いている。

部屋に灯る百目蠟燭《ひゃくめろうそく》の光が、刃に反射するのが音乃の目に入った。上段に構えられた段平《だんびら》が、志保の体を目がけて今にも振り下ろされようとしている。

「何をしてるんだい！」

音乃は叫び、侍の動きを既《すんで》で止めた。侍が振り返ると同時に、凶刃は音乃に向けて振り下ろされた。音乃は、鋒《きっさき》から三寸ほどで刃を躱《かわ》すと同時に、もっているぶら提灯を侍に向けて投げつけた。音乃が手にする得物は、それしかない。提灯は円弧を描いて宙を飛び、編み笠のてっぺんに手持ち棒が引っかかった。侍の頭上で、提灯の火袋が燃え出す。侍は、それに気づいていない。

侍の表情をうかがうことはできなかったが、着ている萌黄《もえぎ》色の羽織に聞き覚えがあった。

一太刀が空を斬り、二の太刀を繰り出そうとしたところで、侍は頭上に異変を感じた。きれいに剃られた月代に熱を感じたか、侍は被る編み笠を放り投げると顔を隠すように逃げ去っていった。

侍を追うよりも、消火が先だ。燃える編み笠に、霊前に供える生花の水をかけて火を消し、事なきを得た。

「危ういところ……」

胸が詰まったか、志保の口からそれ以上の言葉が出てこない。

五歩も駆けつけるのが遅れていたら、部屋は血の海と化していただろう。音乃は、安堵の息を吐いた。

胸の高鳴りが、両者しばらく治まらない。

気持ちを取り戻したのは、音乃のほうが先であった。

「お怪我は？」

「いえ」

か細い声で答え、志保は首を振った。着物が裂かれた個所はどこにもないと、音乃もほっとする。

「今の侍に、覚えがありませんか？」

音乃が問うも、志保は下を向き首を横に振る。むしろ、覚えは音乃のほうにあった。

侍が逃げ去るときに、一瞬音乃は目にしている。

「……顎《あご》についた、小さな三日月形の傷」

青物屋の、お梅から聞いた話を思い出す。お咲を襲おうとした、侍の一人に間違いがなかろう。羽織の色も、五助から聞いたのと同じである。

どうやら、裏富講が仕向けた刺客であるらしい。

四

探らずとも、相手のほうからどんどんと仕掛けてくる。

音乃はふと思った。

――裏富講の実態を隠そうとするにしては、やけに派手に動き回るものね。

そして、自問する。

――女二人をこの場で仕留めるのは簡単と思うはず。だけど、なぜに逃げ去っていった？　しかも、顔を隠すように。

「そうか、なるほど！」

自問に、音乃は自分で答を出す。

「顔を見せてはまずいということは、わたしを知っている男……？」

「音乃さん……」

独りごちたところで、志保から声がかかった。落ち着きを取り戻している声音である。着物も乱れていない。

「危ないところ、ありがとうございました」

「もう少し遅れていたらと思うと、ゾッとします。志保さまは、今の男に覚えはございませんか？」

志保の気持ちが戻ったところで、音乃は再度訊いた。

「まったく……」

「顔を見ました？」

「いいえ。編み笠を被っていたものですから、面相までは。あの侍、何かを見つけようと潜入したのではないかと」

気が塞ぎ、志保は隣の部屋ですでに休んでいるところであった。物音で目を覚ますと、仏間から明かりが漏れている。消しておいたはずの蠟燭に、火が灯っている。誰だろうと、志保がわずかばかり襖《ふすま》を開けて部屋をのぞいたところ編み笠を被った侍が、押入れを開けて物色《ぶっしょく》していた。与力の妻とあって、気丈である。『――どなたですか？』と、いきなり背中から声をかけたと同時に抜刀して振り向いた。驚いた勢いで、いきなり上段から振り下ろす構えとなった。志保は、家の中には誰もいないと知りながらも、助かりたい一心で声を張り上げた。

あとは、音乃の知るところである。

「何を探していたのでしょうね？」

「いいえ、さっぱり見当がつきません」

単なる、こそ泥の物盗りではない。浜岡と関わるもので、思い当たるものは一つしかない。

『芝飯倉神明富　参百八拾六』の富札に、音乃の思いが至った。

「……だけど、なんで今さら？」

――どうしても、取り戻さなくてはならないものならば、なぜにすぐに来なかった？

音乃の思いが、志保に通じた。

「きのうまでは、夫に仕えていた若党たちがおりました」

志乃の言葉で、疑問はすぐに解けた。志保が一人となる機を、待っていたものと考えられる。そして、音乃の脳裏にもう一つの思いがよぎる。

――口封じ。

このままでは、志保も危ない。今夜、また襲ってくるかもしれない。すぐにも、別の場所に移らなければと、音乃の気が巡る。

「志保さま、ここにいては……」

「いいえ。私は最後まで夫と共に、ここにいます」

「ですが、今の侍がまた来ないとも限りません。あ奴らは、口封じを目的としています。先ほどは、わたしの身のこなしに敵《かな》わぬと思って逃げたものと……」

音乃の自賛を、遮るように志保が言う。

「来たら、また来たときのことです。ですが、おいそれと命を差し出すわけにはいきません」

「何か、殺されない手立てが……？」

「はい。私を殺せば、指図したお方の名が表に出ると脅してやります」

「指図って、それが誰だかご存じなのですか？」

「いいえ、知るわけございません。どうせ、今の者が一存で動いているのではないでしょうから、鎌《かま》をかけてやるのです」

「なるほど！」

声音では得心をしたものの、心からは納得をしていなかった。

――志保さまは、何か隠してる。本当は、指図したお方というのを知っているのではないか。

そんな疑問が、脳裏をよぎった。

――志保さまに向けている太刀に、どうも侍のためらいがあった。

音乃に向けて斬りつけた一刀は鋭く、たしかに殺気が込められていた。それほどの殺意があるならば、志保の命乞いなど聞かず問答無用で刀を振ったはずだ。音乃が駆けつけるまで、その間は充分にあったのだ。それと、殺害を目的とするのに、編み笠を被っていたのもおかしい。

──顔を見られたくなかったのは、わたしではなく志保さまのほう。

考えれば、妥当な線である。

「志保さま……」

音乃は、志保の説得にかかった。

「今の侍を、ご存じだったらお話しください」

音乃は、語気を強めて問うた。視線も、志保の目を貫くように鋭い。

「い、いえ、何も……」

志保の怯えは、音乃を怖がってのものではない。明らかに、語るのをためらってのものだ。

「浜岡様が殺された裏には、桁外れな大物の黒幕が立ちはだかっております。そのため、すでにいく人かの人が殺されたり、殺されようとしています。志保さまも、その一人ではございませんか。ですが、今の侍は志保さまを討ち取るのに、いささかためらいがあったようです。わたしが助けたのではなく、その躊躇《ちゅうちょ》が志保さまを救ったものと見て取れました。だけど、次に来たときは一刀両断で……」

斬り殺されるとまでは言えない。

「もしや志保さまは、あの侍を指図した者をご存じではないのですか?」

「えっ?」

問いが核心に触れ、志保の顔色がにわかに変わった。畳み掛けるように、音乃が詰め寄る。

「話してください。先だって、一緒に浜岡様の仇《かたき》を取ろうと言ったじゃありませんか」

畳に両手をつき、志保の体が崩れ落ちている。

「それほど、そのお方のことが大事なのですか? どれほど偉いお方か存じませんが、やっていることは鬼畜《きちく》と同じ。浜岡様は、その者の手により命を取られたのですよ。どんなに無念でしたか」

音乃は振り向くと、霊前に置いてある鈴《りん》を力一杯に叩いた。チリーンと甲高《かん》い音が鳴り響く。

「浜岡様、この世に戻ってきてください。そして、志保さまを説得してくださいまし。

南無妙法連……」

位牌に向けて題目を唱え、もう一度鈴を鳴らした。すると、志保の様子に変化が生じた。

「おっ……」

志保の口が、かすかに動いたようだが音乃には聞き取れない。

「何か言われました？」

かすかに志保がうなずいた。意を決めたようである。

「おっ、お奉行様……」

と、音乃の耳に入った。

「お奉行様って？」

言ったまま、音乃の口が開いて塞《ふさ》がらない。

――まさか、お奉行様が……。

北町奉行榊原忠之の、深く刻まれた皺《しわ》の中に世の非道を正す正義を音乃は感じ取っていた。いく分窪んだ眼窩《がんか》から放つ眼光の鋭さに、奉行の男の色気を感じ、女としてうっとりとしたものだ。だが、それも根底から覆《くつがえ》されようとしている。

思い起こせば辻褄《つじつま》が合う。

――お奉行様は、誰にも知られず与力の浜岡様を動かしていたのだ。筆頭与力の梶村様にも詳しいことは語らずに。

裏切られたとの感覚が全身を包み、音乃は力なく立ち上がった。

「音乃さん、どちらに……?」

志保の言葉も、虚ろに聞いた。

「帰ります」

よろめく足を、廊下へと向ける。

「音乃さんは、何か勘違いをしておいでで?」

しっかりとした志保の声音が、音乃の背中にかけられた。

「えっ?」

振り向くと、志保の目に力がこもっている。

「まさか音乃さんは、北町のお奉行様と思っておられるのでは……」

口では返事をせずに、音乃は立ち止まった。

「お奉行といっても、いろいろなお役職がございます。畳《たたみ》奉行もあれば、瓦《かわら》奉行もございます。おほほ……」

それからの志保は、饒舌《じようぜつ》であった。音乃の勘違いに声を出して笑い、憂いはなくなったようだ。

たった一瞬でも、音乃は榊原忠之を疑ったのが恥ずかしくあった。穴があったら入りたいと、いてもたってもいられぬ心境に陥った。

笑いを真顔に変えて、志保はおもむろに語り出す。

「私がお奉行と申したのは、作事《さくじ》奉行のことでございます」

ためらいもなく、一気に言った。

「作事奉行って……」

老中の支配下にあり普請《ふしん》奉行、小普請奉行と共に下《した》三奉行といわれた職責である。役高二千石で、木工仕事の造営修繕を統轄する役職にある。定員二名で、下役には京都大工頭《きょうとだいくがしら》、細工所頭《さいくじょ》、畳奉行、瓦奉行などがおかれる。さらに高みを目指せば、目付《めつけ》から大目付、町奉行、勘定《かんじょう》奉行へと昇る旗本の出世路線であった。

「そういうお役職の……？」

音乃は、作事奉行について知る限りを口にした。

「さすが音乃さん、よくご存じでございます。その作事奉行は、私の母の兄で、伯父《おじ》にあたるお方であります」

実家に累《るい》がおよんではまずいと、志保のためらいは音乃にも大いにうなずけるところであった。

「それほどお偉いお方が、伯父……？」

「はい。服部刑部《はっとりぎょうぶ》と申しまして……」

服部刑部は家禄一千三百石の大身《たいしん》旗本である。ようやく作事奉行に昇り詰め、さらに三奉行の職を狙う出世欲の強い男と志保が語った。

しかし、親戚の名を出すのはやはり躊躇が先に立つ。志保が音乃に打ち明けようと思ったのは、勘違いをしてよろめき立った音乃の姿を見たからであった。

――音乃さんは、北町奉行の榊原様を疑っている。誤解を解かなければ……。

浜岡の霊が浮かばれないと、取ったからだ。それと、いつも実家の父に対して服部刑部は居丈高《いたけだか》であった。しかも、自分の命までも狙った。そんな怨みもあって、志保の迷いは吹っ切れていた。

「先ほどの男は、おそらく服部の家臣……」

「なんですって！」

音乃の驚愕が、部屋の中に轟《とどろ》く。その大音声に、浜岡の位牌が揺れたように志保の目には見えた。

「以前、母上の使いで伯父の屋敷に出向いたとき、顎に古傷のある家来を見かけたことがあります。面相は分かりませんでしたが、顎だけは見て取れました。その傷痕がさっきの男と似ているような……いえ、まったく同じでありました。向こうも私の顔を覚えていて、編み笠を被っていたものと」

志保の語りが終わったが、音乃は驚きでしばらく言葉が出ないでいた。

「なんで、伯父さまが私のことを……えっ、まさか？」

目を見開いて、志保も驚愕の形相となった。

「夫を殺したのも、伯父が関わると……？」

「かもしれません。ですが、確たる証《あか》しを挙げるまで、思い込みは禁物です」

今しがたの早とちりをさし置いて、音乃が言う。

「この探りは、わたしたちにお任せください。志保さまは、このことをけして誰にも他言しないでいてほしいのですが」

「心得ております」

志保の大きなうなずきが、音乃の意を強くさせた。

「それと、志保さまをもう襲っては来ないでしょう」

「なぜに、そうと言えます？」

「だって、わたしにも顔を見られていると思っているのですよ。たとえ志保さまを殺したとしても……少しでも頭が巡るお侍でしたら、そんな無駄なことはしないはずです。殺《や》るならば、わたしも一緒に仕留めませんと」

「音乃さんの話を聞いて、安堵しました」

「ですが、万が一ということもあります。門の閂はしっかり閉め……そうでした、先ほど聞かせていただいた手立てがございましたね」

これで音乃も安心をして帰れる。浜岡の位牌に手を合わせ「――奥さまをお守りください」と、祈りを込めて音乃は立ち上がった。

門までは志保もついてきた。

「お気をつけて……」

ぶら提灯を借り、足元を照らして音乃が通りへと出ると脇戸が閉まった。そして閂のかかる音が聞こえた。

五

すでに闇が支配している。

宵《よい》五ツを報せる鐘の音が、遠く聞こえてくる。通りを歩く者は、野良犬以外にいない。女一人の夜道であるが、音乃に怖《お》じることはない。ただ、警戒をしなくてはならないのは、志保を斬ろうとした侍である。どこかで音乃を待ち伏せ、襲ってくることも考えられる。

浜岡の家から一町戻り、四辻を左に曲がろうとしたところで、音乃はふと物陰に潜む気配にゾクッとした殺気を感じた。

知らぬ振りをして、音乃は歩みを進めた。すると、うしろからかすかに足音が聞こえてくる。

――わたしを尾《つ》けている。

緊張で、背筋に一滴の汗が伝わる感覚があった。

音乃は急ぐでもなく、ゆっくりでもなく、背後に神経を尖らせながらあとを追わせた。さらに一町ほど歩き、亀島川につき当たる手前であった。

抜き足がにわかに速足になり、タタタタタッと足音を発し、一気に近づいてくる。

音乃は振り向き、提灯の明かりを差し向けた。

まずは萌黄の羽織が目に入り、片手が刀の柄《つか》を握っている。

提灯が、面相を照らした。音乃は初めて見る顔だが、顎に特徴があった。

鞘音と同時に刃が抜かれ、音乃の胸元を抉るように、横一文字に一閃が放たれた。

音乃は、一歩足を引き鋒を逃れたが、提灯の火袋が真っ二つに裂けた。

地面に落ちた提灯は一瞬で燃え尽き、あたりは漆黒の闇に包まれる。

月明かりもない夜である。

音乃は逃げずに、侍と対峙した。

二人の息づかいだけが、黒い闇に聞こえる。

闇の中でも、音乃は相手の動きを感じ取ることができる。子供のころから、そのような鍛錬はしてきている。伊東一刀斎《いとういっとうさい》を祖とした一刀流戸塚《とつか》道場の師範代を務めたほどの腕前である。

——相手は半身《はんみ》、八双《はっそう》の構え。

音乃の気配をうかがう構えであった。いきなり攻撃は仕掛けてこない、どちらかといえば相手の動きをうかがう体勢である。

「……手強《ごわ》い女だ」

呟きが、闇の中で漏れた。

音乃は、相手の呟く声で間合いを測ることができた。音乃が手にする得物《えもの》といえば、提灯についていた細棒の柄一本である。

——間合い五尺。

音乃は、相手の胸元に向けて、細棒を投げつけた。瞬間刀が振り払われ、スパッと細棒が断ち切られる音がした。

音乃は一瞬の隙を感じて足を繰り出すと、左に体を半歩回し正拳を突き出した。肋骨の下の脇腹に、音乃の拳がめり込んだ。

グズッとした手ごたえがあったと同時に、侍の膝がガクリと折れた。

音乃は背後に回ると、侍の首を腕で絞めた。柔術でいう、絞め技である。苦しくて、逃れようと暴れるほど腕が咽喉《のど》に食い込む。

「さあ言いな。誰の差し金で、わたしたちを襲う？」

「しっ、知らぬ」

音乃は、声が出せる限界まで絞める力を加減した。これ以上力を加えれば、失神《おち》る。

「ならば、こちらから言おうか。作事……」

言ったところで、抗《あらが》っていた侍の力が急に抜け、音乃の腕に重みが加わった。

「しまった、落ちたか」

失神したとしても、すぐに活《かつ》を入れれば息を吹き返す。以前音乃は、その対処を習ったことがある。だが、実際に使うのは初めてである。背中に膝頭をあて、羽交い絞めの恰好で両肩をぐいと引いて、胸部を開けば大抵は起きる。

音乃の処方は無駄となった。侍の息は止まったままであったからだ。胸に手をあてるも、心の臓の鼓動は止まっている。

「舌を嚙み切ったか」

このままにはしておけない。死んだとあらば、番所に届けなくてはならない。いずれにしても、死なせてしまったのは音乃の落ち度である。ここは潔《いさぎよ》くお縄について、身の潔白を明かそうと音乃は近在の番屋へと向かった。

「亀島川の手前で、人が死んでます」

戸口が開いた番屋に駆け込むそうそう、音乃は声高に言った。

「なんだって？　ここにはしんたなんていねえな」

生憎《あいにく》と、年老いた番人が一人であった。耳が遠く、音乃の言葉をうまく聞き取れないようだ。

「いいえ、しんたじゃなくて、死んだ……三次郎《さんじろう》さんはいないの？　このお爺《じい》さんじゃ用をなしそうもない」

いつもは、二人は詰めている番屋である。

音乃ははたと考えた。他に番屋があるも、二町以上先だが、そのほうが早いと決めた。

番屋を出ようと、音乃が踵《きびす》を返したところであった。もう一人、慌てた様子で駆け込んできた男がいた。

「お義父さま……」

血相を変えているのは、丈一郎であった。

「どうした音乃、こんなところで？」

「お義父さまこそ、そんなに慌てて……そうか、侍が死んでいるのを」

「音乃も、そいつを見たのか？」

「はい。わたしが死なせたようなものですから」

「なんだと！」

二人の会話は、老いた番人には通じていない。不思議なものを見るような目で、やり取りを見つめている。

「音乃の帰りが遅いものだから、律が心配して迎えに行ってこいと。亀島橋を渡って、道を曲がると人が倒れているだろ。驚いたのなんの……いったい、どうしたことだ？」

経緯によっては、音乃が捕らえられるかもしれないと、丈一郎はいきり立った。

「あの侍から、襲われまして……」

音乃は、そのときの様子を語った。

「それは、相手のほうが悪い」

「ですが、わたしが殺《あや》めたのには間違いがございません。ここは、お縄につく覚悟でございます」

「ちょっと待て、音乃。それは、早計過ぎるぞ。なぜに侍が襲ってきたのか、覚えがあるだろ。そいつを聞かんとな」

「あの侍は……」

音乃は、浜岡の家であったことを口早に語った。

「志保さんを、襲っただと」

「あの侍こそ、お咲ちゃんたちのところにも乗り込んだ……」

「例の侍だというのか」

「はい、間違いございません。そして、さらに驚くことが……」

作事奉行の名を出そうとしたとこで、音乃の口が止まった。

「あれ、巽の旦那と音乃さんじゃありませんか」

もう一人の、三次郎という番屋の番人が入ってきた。音乃と丈一郎も、よく知る男である。六十を過ぎているが、尻っぱしょりをしてまだまだ矍鑠《かくしゃく》としている。相棒とは、えらい違いであった。

「こんなところで、お二人して何をされてるのです？」

「亀島川の手前で人が死んでる」

丈一郎が、三次郎の問いに答えた。

仔細はあとでと、三人はそろって現場へと向かった。番屋の御用提灯が、明るく足元を照らす。

「ここなんだが……」

「誰も倒れちゃおりやせんぜ」

三次郎の言うとおりであった。音乃も、狐《きつね》に化かされたように唖然としている。

死んだはずの、侍の姿がなくなっている。

たしかに呼吸は止まり、心の臓の鼓動もなかった。臨終の状態であったのは、間違いない。丈一郎も、侍が倒れているのを見ている。だが、心肺停止までは確かめてはいない。

「何かの見間違いでは？」

三次郎の問いには、反論ができない。現に骸《むくろ》がないのに、言い張るのもおかしい。

「これじゃ、事件でもなんでもないでやすね」

役人を呼ぶこともないと、番人の三次郎は番屋へと戻っていった。

いつまでつっ立っていても仕方ないと、音乃と丈一郎は帰路についた。亀島橋を渡れば霊巌島である。現場から二町ほどの闇の中を、明かりをもたずに黙って歩いた。二人とも、周囲の気配を読んでいたからだ。

「音乃は感じたか？」

「いえ、何も……」

家の戸口の前まで来て、誰かに見張られていないかどうかを確認し合った。

もう一度、周囲をたしかめゆっくりと遣戸を開けた。

三和土《たたき》に立ち、音乃はふーっと深い息を吐き緊張の糸を解いた。下手《へた》をしたら番屋泊まりだったのが、家に戻れたとの安堵感もあった。

「どうしました、こんなに遅くまで……」

律も、音乃の身を案じて帰りを待っていたのだろう。廊下を駆けるように、奥から出てきた。やはり、虫の知らせを感じていたらしい。

そういえば、間もなく真之介の命日である。一年前のことが、銘々の頭の中をよぎっていた。

六

さらに夜は更けていく。

だが、音乃と丈一郎はすぐに眠ることはできなかった。どうしても、いなくなった侍のことが気にかかる。丈一郎としても、倒れている侍を自らの目で見ただけに気になって仕方がなかった。

音乃は、浜岡家で起きたことを詳細に語った。

「火事にならなくて、よかったな」

編み笠に、提灯の火が移った件《くだり》では、丈一郎はそんな言葉を漏らした。

音乃が、お奉行を榊原と間違えた段では、丈一郎の失笑を買った。

「意外と音乃はそそっかしいところがあるからな。まあ、すべて整っていては、可愛げというものがない」

そんな感想を述べるも、次の音乃の言葉で丈一郎は仰天する。

「なんだと！」

大音声が響き、隣部屋で寝ていた律が目をさました。

「どうされました？」

襖が開いて、寝巻き姿の律が顔を出した。

「すまん、起こしてしまったか。音乃の話に、ちょっと驚いてな……」

「左様ですか。それでは私はまた寝ますので」

何ごともなかったように、律が襖を閉めた。それが律の気遣いであるのを、音乃は感じ取っている。丈一郎との談義が深夜にわたっても、あれこれと口を出してこないのがありがたかった。

「作事奉行の、服部刑部……大身だな」

声音を落とし、丈一郎が呟くように口にした。

「お義父さまは、ご存じで」

「名ぐらいは、知っている。噂では、無役の小普請組から成り上がり、出世街道に乗ったということだ」

「同じようなことを、志保さんもおっしゃってました。かなり、出世欲の強いお方だと」

「それにしても、なぜに家来を使って非情なことを……分からん」

「一つだけ言えますのは、裏富講に深く関わっているものと。これで、にわかに真相に近づけたようにも……」

　裏富講を動かす勧進元は作事奉行の服部刑部と、音乃は踏んでいる。

「なるほどな。浜岡様を殺したのも、おそらくその線であろう。あとは、裏づけを取ればよいことだ。だが、より一層探りに気をつけねばならん。なんせ相手は幕閣に脈が通じる、大物だからな」

「はい。心得ております」

　裏富講開帳の証しをつかみ、浜岡殺しは服部刑部の差し金と探れれば、事件はほとんど解決したようなものだ。

　丈一郎と音乃の身分では、大身旗本を捕らえることはできない。真相を解明し、北町奉行の榊原にあとは委ねればよいことだ。目付、大目付が動き処罰を下すことになる。

　――さほど簡単にいくかしらん。

　その証しをつかむのが大変なのだと、音乃はさらに気を引き締める思いとなった。

　話は、死んだはずの侍におよぶ。

「分からないのは、あの侍です。いったい、どこに消えたのか……」

「たしかに、死んでいたのか？」

丈一郎は、侍の死をそばによって確かめたわけではない。

「はい。息がなく、心の臓も止まり……舌を噛んだものと」

「誰かが骸を運んでいったか……？」

丈一郎が倒れている侍を見てから戻ってくるまで、いくらかのときがあった。運ぶとすればその間だが、引きずった跡もなし、地面には形跡は一切なかった。複数の人数で、戸板か何かを使って運ぶのも不自然だ。あんな短時で荷車を手配できるはずもないし、それよりもいったい誰が連れていったというのだ。

「……となると、蘇生したか」

「生き返ったとでも？」

「音乃は舌を噛んだというが、口から血を垂らすのをたしかめたか？」

「いいえ……」

そこまで言われると自信がない。音乃は文武に優れた才能は発揮するが、これまで人を殺めたことは一度もない。人の死に際に接触したことは、ほとんどないのだ。殺害の状況に関しては、遥かに丈一郎のほうが精通している。

「もう一度、そのときの状況を詳しく話してくれ。相手が打ちかかってきたところからだ」

音乃は侍との相対を、さらに詳細に語った。

「さすが、たいしたものだ」

暗闇の中で、素手で相手を倒した武勇には、丈一郎も驚嘆せざるをえない。

「たしか、作事と言ったところでガクリと力が抜け……」

「音乃、そいつは死んだ振りをしたな。作事と聞いて、姑息にその場を逃れることを咄嗟《とっさ》に思いついたのだろう」

「ですが、呼吸がなく……」

「そんなのは、息を止めればよいことだ」

「心の臓の停止は？」

「どのあたりを押さえてみた？」

「このへん……」

音乃は、左の乳房あたりに掌《てのひら》を当てた。

「どうだ、動いているか？」

「いえ、感じません」

「着ているものの上から触ったって、鼓動は感じないだろう。しかも、たとえ舌を噛んだとしても、そんなにすぐには心の臓が止まることはない。呼吸ができなくなって意識を失い、やがて死に至るのが順序だ。それと、舌を噛み切っても必ず死ねるというものでもないし、その前に激痛で悶絶するはずだ」

音乃でも、認識が足りないところはいくらでもある。

「つまらん戯作《げさく》には、捕まった忍びが舌を噛み切って自害することがよく書かれてあるが、あれを真《ま》に受けてはならん」

「ちょっと、浅はかでした」

完璧な人間などいない。何か、ほっとしたように丈一郎は苦笑いを浮かべた。

「ならば、なぜにわたしが番屋に向かったとき、すぐに逃げなかったのでしょう?」

「しばらく動けなかったのだろうよ。活の入れ方が悪かったな。音乃のやり方では、下手《へた》をすると肋骨《あばら》の二、三本へし折れるぞ」

「ちょっと、力を入れすぎましたかも……」

さらに次の丈一郎の言葉が、音乃の思い違いであったことを証明する。

「そうだ、たしかにあの男には顎に傷があったな」

「えっ。お義父さまは、顔を見ましたので?」

「仰向けになって、死んで……いや、寝ていたのでな」

「うつ伏せでは、なかったので？」

「いや、たしかに顔を上に向けていた。なるほど。わしが通りかかったときも、死んだ振りをしていたのか」

「どういうことで、ございましょう？」

「立ち去ろうとしたところで、人が近づいてくるのが分かった。だが、胸が痛くて動けない。そこで介抱でもされたら、あとが面倒臭くなるとでも思ったのだろう。わしが、去るのを待ってから起き上がった。現に、急いでわしは番屋へと向かったからな」

「まんまと騙《だま》されました」

悔しがる言葉とは裏腹に、人を殺さずにすんだとの思いが、音乃の気持ちをぐっと楽にさせた。

「そんなに、悲観することはないぞ、音乃。おかげで、だいぶ事件の根幹に近づいてきたともいえる」

「太い手がかりをつかんだ気がします」

「そろそろ、源三に手伝ってもらうとするか？」

「わたしもそう思っていたところです」

いろいろ探る筋が出てきた。この先は、二人では手に負えないと、『舟玄』で船頭をしている源三を呼ぶことにした。

翌朝、音乃は舟玄に行って源三と会った。

「お呼びが来るのを待ってましたぜ」

源三は、普段は船頭として働いているが、事あらば丈一郎と音乃の助《すけ》に立つことにしている。それは、船宿の主権六《ごんろく》も承知のことで、協力者でもあった。

「親方、またお呼びが……」

しばらくは、船頭から影同心の手先になると願い出た。

「いいから行ってこい。力になってやんな」

何があったとか、どうしたとか、余計なことは一切《いっさい》訊かない。また、訊いてはいけないと権六は心得ている。ありがたいと思っているのは、源三ばかりでなく音乃も同じであった。

船宿の半纏《はんてん》を脱いで、着流しとなれば源三は遊び人風情《ふぜい》に変わる。その姿で探ってもらいたいことがあった。まずは、これまでの経緯を知ってもらわなくてはならない。

巽家の居間で、事の経緯が音乃と丈一郎の口からこと細かく説かれ、それに半刻ほどを要した。

大柄の体を揺すり、ときどきは大きくうなずき、ときどきは大きい目玉をぎょろりと見開いて驚き、ときどきは厳《いか》つい顔を赤くして怒りをあらわにしながら、源三は話を聞き取った。

「なるほど、そんなことになってたんですかい。あのとき、越前様の塀の淵にいたのもそのために……」

先だって、大川の淵で会ったことも源三には得心できた。

「それで、あっしはどう動けばよろしいでしょうかね？」

「まずはだ……」

仮名だけで書かれた草紙紙が、畳に広げて置いてある。丈一郎は、閉じた扇子の先端を片方の名に差した。

「火事で切り放しになっても、牢屋敷に戻ってねえ伝吉って奴ですね？」

「ああ、そうだ。この男が、どこでどう裏富講と関わるのかを探ってもらいたいのだ」

「指物師って、おっしゃってやしたよね？」

一度語っただけで、源三は把握している。それだけでも音乃は、改めて源三に頼もしさを感じ取っていた。

「ええ。かなり腕のいい職人と聞いてます」

伝吉の、おおよその素性は分かっている。分からないのは、裏富講との接点である。

「神田富松町の半七のように殺されず、伝馬町の牢屋送りになったのには意味がありそうなの。そのへんが、もう一つ解けなくて……」

音乃のあとを、丈一郎が語り継ぐ。

「それと、金貸しの時蔵に、なぜに伝吉は裏富講のことを口にしたかだ。それは、富松町の半七にもいえることだ。そのあたりも源三に探ってもらいたい」

「富松町の半七ってのは、たしか香具師の子分だとか？」

「ああそうだ。裏富講の中には、香具師の大親分もいるそうだ」

「そのあたりと、関わりがあるかどうかも知りたいですね」

「探りの筋は、分かりやした」

「とりあえず、源三にやってもらいたいのはそこだ。裏富講とはなるべく口に出さずに探ったほうがよいな。もしも口にするときは、充分気をつけてかかれ」

丈一郎が、注意を促す。

「へい、任せておくんなせえ」

源三の、頼もしい声音が返ってきた。

そのあとは細かなところまで手はずを語り合って、午前は源三との打ち合わせに費やされた。

七

巽家で昼飯を振舞ってもらい、源三はさっそく馬喰町へと赴いた。

「伝吉さんに仕事を頼みたいんですが、家はどちらですかい？」

馬喰町は六衛門店を差配する大家を訪ねて源三は訊いた。

「伝吉なら、もういないよ」

六十歳を過ぎたと思《おぼ》しき、赤いちゃんちゃんこを着た大家がぶっきら棒に答えた。

「どこに行ったのか、ご存じではねえんで？」

「奴なら二十日ほど前、役人にしょっ引かれて行っちまったよ」

「なんの咎《とが》でですかい？」

「なんだか、呑み屋で喧嘩したって話だ。相手は、的屋《てきや》の子分だとかいってたな」

「……的屋？」

的屋といえば香具師のことでもある。丈一郎の話の中には、伝吉の喧嘩相手が香具師の子分とはなかった。そこまで調べなかったのは、奉行所の落ち度だろうと源三は思った。

もしや、その相手が半七だとすれば大きな手がかりだと源三は踏んだ。

「大家さんは、伝吉さんが喧嘩をしたっていう呑み屋をご存じですかね？」

「いや、知らねえな。呑み屋なんて、行ったことはねえし」

――誰に訊けば、そいつが分かる？

誰でもいいからと、迂闊には訊けない。どこで裏富講に探りがばれるか分からないからだ。長年の間丈一郎の下に仕えていた、源三の岡っ引きとしての警戒心であった。

「だったら、時蔵ってのに訊いてみな」

源三の気持ちを察してか、大家が口に出した。

「時蔵……ですかい？」

思わぬところから時蔵の名が出て、源三のぎょろ目が向いた。

「ああ。伝吉のところに、よく来てたらしい。素性は分からないが、長屋の誰かが言ってた。どうやら、金貸しらしい。伝吉は、そういった奴から銭を借りてたんだな」

「家賃の払いはどうでしたんで？」

「いや、一度も遅れたことはねえし、払いはきれいだった。銭に困っているようには、見えなかったけどな」

源三は、俄然金貸しの時蔵に会いたくなった。いや、会わねばならないと思った。

「……そういえば、あれは時蔵が書いた字だったな」

草紙紙に書かれた、仮名文字を源三は思い出していた。

時蔵が勤める松黒屋は、神田松枝町にあるという。馬喰町と松枝町は四町と離れていない。大家に礼を言い、源三は松枝町に足を向けた。


法外な利息を取る闇の金貸しが、表立って看板を出しているはずがない。

松枝町に来たものの、容易に松黒屋に辿り着くことが叶わない。界隈を二、三周しても、在り処が知れることはなかった。

「――松黒屋？　そんな金貸しは知らねえな」

近所の人に尋ねても、異口同音に答が返るだけであった。むろん自身番でも訊いたし、営んでいる店という店に訊いた。

「……時蔵の野郎、嘘をつきやがったか？」

源三も知っている男である。一度だけだが、源三の手でお縄にしたこともあった。

「時蔵のほうも、覚えていやがるかなあ」

源三が、独りごちたところだった。柳原《やなぎわら》通りのほうから歩いてくる、五人の男があった。一人だけ商人風で、四人は強面《こわもて》を表に出した遊び人風の男たちであった。

「あいつら……」

お咲のところに来た金貸しと、一目で見分けがついた。話は、音乃から聞いていたからだ。真ん中にいるのは、時蔵に間違いない。源三は、五人の前に立ちはだかった。

「誰でえ？」

頭半分大きい源三に、時蔵が見上げる形で訊いた。

「久しぶりだな、時蔵さんよ」

齢は遥かに源三が上だが、今は敵対する相手ではない。名に敬称をつけた。

「ん……あんたは霊巌島の親分？」

「覚えていてくれたかい。あんときは、手荒なことをしてすまなかったな」

「あんたが来たってことは、八丁堀の旦那の……？」

「ああ、そうだ。どうしても訊きてえことがあってな、松黒屋を訪ねたんだがどんなに探しても在り処が分からねえ。途方に暮れてたところ、ちょうどよかった」

「おめえらは、先に帰っててくれ。俺は、この人と話がある」

「へい、分かりやした」

取り巻きたちが、細路地に入っていく。

「ずいぶんと、偉くなったみてえだな。巽の旦那に聞いたぜ」

顔に薄く笑いを浮かべ、源三が時蔵の機嫌を取った。

「そんなことは、ねえですぜ。ところで、俺に訊きてえことってのは？」

「伝吉と半七って奴のことで、もうちょいと詳しく知りてえんで」

「俺の口からは、あんまり話したくねえなあ」

「そうかい。あんたが怖がるのも、無理はねえよな。この俺だって、そうだ。気持ちはよく分かるぜ」

源三が、時蔵の気持ちとなって言った。

道行く人が、男二人の立ち話に、訝《いぶか》しそうな目を向けている。

「ここではなんだ。ちょっと、ついてきてくれ」

取り巻きたちが入った路地に、源三を導く。両脇は、ずっと黒板塀がつづく幅一間もない細い路地である。道から半町ほど入ったところに、小さな潜り戸があった。初めて来た者ならば、気づかないのも無理はない。それほど、奥まったところに松黒屋はあった。

もしかしたら、時蔵は敵の一派かもしれない。源三は警戒をするも、この機を逃したら真相も分からずじまいとなる。

「どうぞ、中に入ってくだせえ」

潜り戸を開き、時蔵が言った。頭を低くして、先に源三が中へと入った。あとから時蔵が入り、うしろ手で戸を閉めた。

粋な黒塀に見越しの松は、俗曲にも出てくるような妾宅の風情である。五十坪ほどの土地に、一軒家が建っている。まさに隠れ家、妾でも囲っているような佇まいであった。

「ちょっと、家の中に入れるわけにはいかねえんでね、ここでの話でもよろしいですかい？」

「ああ、かまわねえよ。かえって、他人の耳を気にしねえでいい」

庭の隅での、立ち話となった。

「さっきの話なんだが、おめえ伝吉って男から裏富講のことで何を聞いていた？　たびたび伝吉のところに行ってたみてえだが」

「やっぱり調べていたかい」

次の一言で、源三は警戒を解いた。

「奴と俺とは、幼馴染《おさななじみ》で呑み仲間でもあった。一月《ひとつき》以上前のことだったか……」

仕事を終え、時蔵が伝吉のところに訪ねていくと、編み笠を被った着流しの侍が家の中から出てきた。路地ですれ違うも、面相は分からない。ちょっと見では、浪人風情である。伝吉の様子がおかしくなったのは、そのときからだという。何があったのかと、いく度訊いても首を横に振るだけだ。

そんなある夜、伝吉を誘って豊島《としま》町の呑み屋へと入った。そこにちょうど居合わせたのが的屋の半七であった。半七は時蔵もよく知る男であった。時蔵から金を借りていたからだ。半七も、伝吉とは知り合いである。商売の話は抜きで三人が、奥の入れ込みで酒を交わすことになった。

「そんときは、酒が進みましてね。そのうち半七と伝吉が口論をはじめやがった。口喧嘩が本気になって、外に出ろってことに……俺は止めたんだが二人は言うことをきかねえ。伝吉がたまたまもってた仕事道具の玄翁《げんのう》で、半七の頭をゴツンとやっちまった。大した怪我ではなかったが、伝吉はそのまま逃げて行方をくらましてしまった」

「それのどこに、裏富講が関わっているんだ？」

「喧嘩の発端が、それだったんですよ。伝吉の奴たしかこう言ってた。『裏富講の仕事なんかやらねえよ』って。そしたら半七が、『馬鹿野郎！　そんなでけえ声で言うんじゃねえ』って、怯えた様子であたりを見回すんで。それで、俺が半七に小声で訊いたんです。『裏富講ってなんだ?』と。そしたら半七、『そのことは、絶対に口にしねえでくれ。殺されるぞ』と、顔が真っ青になって、そのあとどういうわけか、半七が伝吉のことを口汚く罵《ののし》ったんで。傍《はた》で聞いてる俺もおかしいと思うくらい、ちょっかいを出していたな。とうとう伝吉は我慢できずに……」

時蔵は、あらましを言って一息ついた。

「次の日、半七のところに取立てに行くと、いやしねえ。伝吉もいなくなってる。三日経っても、姿を見せねえ。そこで半七の言葉を思い出したんだ。殺されるぞって……」

「半七と伝吉の、その後のことは本当に知らねえのか?」

「ええ。なんだか、俺もおっかなくなって、なるべく近づかねえようにしていたんです」

「半七は、本所竪川で、溺死体で揚がった」

「なんですって、半七が殺されたと……?」

「いや、奉行所の調べでは、事故としてけりがついてる」

「そうなんでえ」

納得いかないか、時蔵が首を傾げ訝しげな表情を見せた。

「何か、言いてえことでもあるのか？」

「いや、貸した金がもう返ってこねえと思って……」

「そりゃ、残念だな。さて、一方の伝吉だが、捕らえられて伝馬町の牢屋送りとなった」

「殺されちゃいねえんで？」

「ああ。だが、牢屋で火事騒ぎがあってな、切り放しになったが期限の三日を過ぎても戻っちゃこねえ。奉行所が、おめえのところに聞き込みに来なかったか？」

「いや、誰も」

「そいつは、おかしいな。大抵なら、奉行所が真っ先に伝吉を知らねえかって、知り合いのところに聞き込みに来るはずだが」

「そのわけなら、なんとなく分かりますぜ。俺はここに住んでますが、お役人はこのあたりをぐるぐると松黒屋を探し回っていたんではねえですかい」

源三が、一帯を回っても松黒屋の在り処は知れるものではなかった。奉行所の役人も然《しか》りだろうと、得心をする。

「伝吉が来た気配もなし、奉行所もあきらめたのではないかと……」

「そんなところかも、しれねえな」

「それで、まだ伝吉の居どころは、分からねえんで？」

「ああ。とんとな……」

「ならば、裏富講が口を……？」

「もう、おめえはそのことを口にしないほうがいいぜ」

「へえ、分かりやした」

「ところでもう一つ訊きてえんだが、半七がいた的屋ってのはどこの一家だった？」

「浅草に本拠をもつ『竹屋《たけや》一家』で……」

「竹屋一家といやあ、惣五郎《そうごろう》親分が率いる江戸でも一、二の大所帯だ。今、江戸で賑わう高市《たかまち》は、惣五郎親分が仕切ってるといってもいいぐれえだ。半七は、その中でどれほどの位置にいた？」

「若衆頭といったところですかね」

「ほう、かなり偉いところにいたな」

的屋での若衆頭の位置は、博徒なら代貸と同じ張脇《はりわき》の下につく一家の幹部である。

「若い者《もん》を束ねる地位にいたんで金がかかるらしく、そんなんで俺たちに銭を借りてまで面倒を……」

「ずいぶんと、粋《いき》がった野郎だな」

「ですから、半七には高利でなく……」

「もう、分かったぜ。それ以上は聞くこともねえ。今俺と話したことは、誰にも言うんじゃねえぞ」

「口が裂けたって、言いやせんぜ」

ありがとうよと言い残し、源三は松黒屋の潜り戸を開けて去っていった。

「誰か表にいたのかい？」

「ああ、姐《ねえ》さん。猫が一匹紛れ込んでいただけでさあ」

「早くおいでよ。寂しいじゃないかね」

時蔵に声をかけたのは、外では旦那さまと呼ぶ松黒屋の女主人である。時蔵を、こよなく気に入っている女であった。

第四章　賞金二万両の行方

一

　その夕——。
　巽家の居間で音乃と丈一郎、そして源三が三角となって座り、仮説が立てられた。
　それを、箇条にして音乃が書き取る。

一・伝吉が裏富講と関わるのは指物の仕事以外にない　伝吉の腕を見込んで一人の侍の手により依頼が持ち込まれた　伝吉はそれを断りつづける

「……依頼された物は、なんであるか分からない」
　と呟きながら、音乃は書き込む。

二・一月《ひとつき》以上前　伝吉のところを訪れた侍はもしや浜岡様　用件は不明　裏富講に

関わりが有　もしかしたら仕事の依頼かも

三・竹屋一家の半七は裏富講を知っている　裏富講に参加する香具師は惣五郎　親分　半七は惣五郎の小間使いとして動く役割

とりあえず、ここまで書いた。その先が進まないのは、話が堂々巡りしているからだ。

「あっしの勘ですが、半七はわざと伝吉に喧嘩を仕掛けたのかもしれやせんぜ」

源三が、これまでになかった意見を出した。

「なんのためにだ？」

「伝馬町送りにさせるためと、考えやすが」

「伝馬町送りにって、それになんの意味が……あっ！」

「音乃さんに、閃《ひらめ》くことがありやすかい？」

「火事を出して、伝吉さんを逃がすため……ってこと？」

「あっしも、なんとなくそうじゃないかと」

「そうなると、誰か火を付けた者がいるってことか？」

火事の原因は、壁に掛かる燭台の火が隙間風に煽《あお》られ、壁板に燃え移ったものと梶村から聞いている。奉行所ではそう判断したようだが、三人の考えで覆される。

「いったい誰が……と、今考えたって分かるものではないな。とりあえず、そう仮定して話を進めよう」

四・牢屋敷の火事は放火によるもの　誰の仕業《しわざ》か
と、音乃は一行付け加えた。

このあたりから、三人の口は流暢《りゅうちょう》になった。

「三日の切り放しの間に、伝吉さんを捕らえ伝馬町に戻さないようにする」

「戻りたくても、戻れないようにふん縛《じば》っておきゃあ、いやでも三日は過ぎやすぜ」

「いやでも戻れなくさせて、無理矢理仕事をさせようって魂胆か」

「伝吉を捕らえ、どこで何をさせようってんですかねえ？」

「なんとなく、わたしに覚えがあります」

「音乃は、どこだと思っておるのだ？」

「町奉行所が踏み込めないところといえば……お寺。愛宕山下、曹厳宗五光山東本龍寺」

当てずっぽうではあったが、ズバリと音乃は名を出した。

「そこは、お咲の家の菩提寺ではないか」

「もしかしたら、これはあくまでももしかしたらですが、牢屋敷に戻らなかった女が一人いたとおっしゃってましたね。わたし多分、その女を東本龍寺の境内で見かけました」

音乃は、これまで抱いていたことを、初めて口に出した。

「なんだと！　なぜに今まで黙ってた？」

「まさかと思ってましたもの。ですが、これまでの経緯を語っていくうちに、なんだか真実味が帯びてきましたもので。でも、あくまで、もしもですが……」

「逃げた女は、たしかお富といってたな。東本龍寺が、伝吉とお富を匿《かくま》って……いや、軟禁してたってことか」

「なんのためでござんしょうかねえ？」

「もしかしたら、これかも……」

音乃は、胸元から紙片を一枚取り出した。裏富講の富札よりも紙は薄いが、大きさはほぼ同じである。

「どうぞ、当たりますように」

拝む仕草で願をかけ、丈一郎と源三に読めるよう畳の上に置いた。

紙片には『芝飯倉神明宮大富籤　一等二百両　鶴《つる》八百九拾参』と書かれてある。本物の富くじであった。偽物が作られぬよう、地の模様に薄く鶴の絵が敷かれて描かれている。亀《かめ》の組ならば、亀の絵が地模様で敷かれているのであろう。さすが、意匠は凝《こ》ったものであった。抽籤《ちゅうせん》の日までは、あと五日ほどある。

「先ほど出かけて、一枚買ってきたの。番号がやくざだから当たるかどうか。そんなのはどうでもいいですけど……」

「この富くじと、何が関わりあるんでやすかい？」

「今はなんとも言えないけど、裏富講もこの富くじでもって大博奕が開帳されている最中。浜岡様も、裏富講の富札をもっておりました」

「音乃の話で、考えられることが一つあるな」

「どんなことですかい？　旦那……」

「源三は、手目博奕って知ってるか？」

「手目ってのは、自分のところに出目を引き込むいかさまってことでしょう？」

「ああ、そうだ。今度の裏富講には、いかさまが仕掛けられてるってことだ」

「まだ思い込むのは早計ですので、あくまでも仮りの考えとしてです。ですが、八割方はそうじゃないかと」

「ならば、伝吉との関わりはどんなことなんでやしょう？」

「源三さん、よいご質問で。伝吉さんて、とても腕のいい指物師ということでしたよね。持ち込まれた仕事って、まさにこれではないでしょうか」

　音乃は、畳に置かれた芝飯倉神明宮の富くじを指して言った。それに対し、丈一郎と源三が首を捻っている。

「どうも音乃の言ってることは、禅問答のようだな」

「ごめんなさい、お義父《とう》さま。まだ、わたしも考えがまとまってなくて、考えながら話すものですから」

「それで、音乃はどう考えた？」

「伝吉さんに、芝神明宮の富くじの抽籤箱を作らせようとしているのではないかと」

「なんだって？　そんな馬鹿なこと、できるわけないじゃないか。なあ、源三」

　笑いながら丈一郎は源三に同意を求め、音乃の考えは一笑に付された。

「まんざら笑いごとではねえと思いやすぜ、旦那」

「なんだ、源三もそう思うのか。大体からして、富くじの抽籤ってどれだけ厳重なのか知っておるのか？　寺社奉行所、町奉行所の与力が立会いで厳正におこなわれるのだぞ。どこに、つけ入る隙があるというのだ」

「そうですねえ。お義父さまのおっしゃることは、ごもっともです。ですが、抽籤の箱をすり替えるだけでしたらいかがでしょう。伝吉さんが作った、からくりの箱に

「悪い奴らがそろって考えりゃあ、雑作《ぞうさ》はねえように思いやすがねえ」

源三が、音乃の考えに同意を示した。そこまで二人に説かれたら、丈一郎も賛同せざるをえない。

「予《あらかじ》め、決められた札が出るように仕掛けるのか？」

「おそらく、そういったものかと……」

「なるほどなあ。それにしても、大胆なことを思いつくもんだな」

「今や裏富講は、一度の開帳で一万両が動くと利兵衛さんがおっしゃってました。おそらく今度の芝神明宮くじでは、もっと大きいお金が賭けられるものと。もしも、前回の分に該当者がなく繰り越しとなっていれば、さらに欲を煽るかも」

「二百人が百両ずつ賭けるとすると……にっ、二万両！」

源三が、頓狂《とんきょう》な声をあげた。

「それに繰り越し金があるから、もっとかも。もしも一人だけで当たったら総取りでしょ。中には、千両で百口賭ける人もいるかもしれない」

「千両買えば十分の一の確率でやすね。ですが、それじゃおかしいのではありゃしやせんかねえ」

「……」

「何がおかしいというのだ？」

「だいいち、旦那。当たりゃあ、少なくも二万両になるんでしょ。下三桁だったら、一枚十両で全部の番号を買っても一万両ってことで。倍になって、返ってきやすぜ」

「金持ちばかりの集まりなんだろうから、そしたらみんな買うよな。賭けは成立せんぞ」

「一人あたりの賭金の上限が決まっているのではないかしら。例えば、お一人さま千両までとか」

「そうせんと、おかしいだろうなあ。二百人が千両出すと……二十万両か」

「それだけありゃ、江戸幕府を買い取れるんじゃねえですかい」

「いえ、まだまだそれだけじゃ幕府は買えないでしょう。でも、二十万両もあればおいしいものをお腹一杯食べられ……」

音乃も話に引き込まれる。

「ずいぶんと小さい望みでやんすね。あっしでしたら小さな藩を買い取って、殿様にでもなりやすね」

源三が、夢を語る。いつしか話は事件の解明から、当選金の使い道へとなっていた。

「いずれにしても、それほどの大博奕《ばくち》ならば、不心得者が出てきてもおかしくはないというごとか」

丈一郎が、話を本筋に戻した。

「これは、一部の人たちの仕業……少なくとも、何人かが共謀してのこと。うまくいけば、山分けということでしょうか」

音乃の顔に、不敵な笑みが浮かんだ。

「わしの頭の中にも、その名が浮かんできたぞ」

「お義父さまは、どなただと思われますか？」

「一人は作事奉行の服部刑部。それと東本龍寺の大聖僧芳円。そして竹屋一家の張元惣五郎までは、誰でも思いつくだろう。まだいるかもしれんが、思い浮かばんな。三人で、いいのではないか？」

「いいえ、お義父さま。この共謀には、いなくてはならない大事なお方がおります」

「誰だ？　まさか浜岡……？」

「いいえ、浜岡様はまだどっちつかずで……」

「いったい、誰だというのだ？」

「名は分かりません」

「名が分からなければ、大事な者かどうか分からないだろうに」

音乃の歯切れの悪い答えに、ついつい丈一郎の口調が荒くなる。二人の禅問答を、傍らで源三が固唾を呑んで見ている。

「もしや、その者の役に三崎屋の利兵衛さんを引き込もうとしていたのかもしれません。ですが、頑《かたく》なに断りつづけて三崎屋さんはあのようなことに」

「なぜに三崎屋を……？」

「この策謀には、裏富講生え抜きのお方が必要ではなかったのではないかと。利兵衛さんは、今でも世話役の一人であったようですから。利兵衛さんが消えたあと、誰がなったかしれませんが、そのようなお方がもう一人いるってことで……」

「よろしいですかい、音乃さん」

「はいどうぞ、源三さん」

「その生え抜きってのは、なんの役目で必要だったんでしょうね？」

「そこまでは、聞いてみないとなんとも。利兵衛さんのお話では、世話役は十人、みな大店のご主人ばかりのようです」

「もしかしたら音乃……」

丈一郎の言葉が途中で止まり、考えに耽っている。

「お義父さま、何か気づかれまして？」

「この策謀の言い出しは、もしかしたら利兵衛さんではなかったのかな」

「えっ⁉」

思いもよらぬ丈一郎の言葉に、音乃は驚愕の表情を浮かべた。

「どうしてお義父さまは、そう思われました？」

「三崎屋ってのは、小売りの油屋だろ。けして大店とはいえぬだろうよ。だが、世話役である以上、裏富くじはその都度買わなくてはならない。商人としての見栄《みえ》もあろう。莫大な借金は、裏富でこしらえたと思える。一回の富くじで、いくら賭けたかは知れんが、毎回一口や二口ではなかろう。とても、店の利益だけでは追いつけない。一度でも当たればってのが、どんどん深みにはまっていった。金を借りてまで打《ぶ》つ。博奕好きにはありがちなことだ。これまで一度も当たらなければ、どれほど借金が嵩《かさ》んでいるか。五千両では追いつかず、店まで手放したくらいだからな」

丈一郎の言うことはありえると、音乃も得心するところであった。今際《いまわ》の際《きわ》まで、裏富講のことを利兵衛は黙っていた。起死回生の一手を、誰かにもちかけた。途中で挫折したのは、裏切りに遭ったのかもしれない。

お咲の話の中にあった。

昨年の十月中ごろ。身形が立派な商人が、利兵衛を訪れてきた。『――そろそろ、お返し願えませんと……』と言った客が、利兵衛に大金を貸していたのだろう。おそらくその商人も、裏富講の世話役の一人と判断できる。一度で返せるあてがなくては、誰も金は貸さないだろうから。

音乃と丈一郎の、意見の一致があった。

二

三人が話していることは、あくまでも憶測である。その憶測が、だんだんと核心に迫っていく。

「利兵衛さんに金を貸した商人こそ、もう一人の男だと思ってよいな」

「そう考えても、間違いないと思います。なんですか、無理矢理押しつけたような二千両。返せないほどの借金をさせた上で当たりの五千両でも足りず、さらに身代までも奪った……」

音乃の言葉が、急に途中で止まった。

「どうかしたか？」

「……立花屋」

音乃の脳裏に、油で磨かれたように眩しく光る額が浮かんできた。

「三崎屋とは？」

「三崎屋を、居ぬきで買い取ったという商人です。これまでは関わりないと気にしていなかったのですが、利兵衛さんを追いつめて三崎屋を奪い取ったとすれば、辻褄《つじつま》が合ってきます」

「立花屋を探るか？」

「いえ、今は探ったところで詮《せん》ないでしょう。こちらの憶測が正しかったら、どこかで尻尾《しっぽ》を出すはずです。それで、充分かと思われますが……」

「無理にほじくり出すこともないか」

「それよりも気にかかるのは、曹厳宗五光山東本龍寺……」

音乃は、柔和である副管主芳才の顔を思い浮かべていた。

「ところで、音乃さんに訊きやすが……。どうして、役に立たなくなった利兵衛さんを殺さなかったんですかねえ」

「利兵衛さんだって、ご法度を破っていた罪人です。生きているうちは、口を割ることはしないと。やたら殺しでもしたら、それこそ天に向けて唾を吐くようなもの。災いは、自分のほうにかかってくるものと考えたからでしょう。でも、死んだら別。何かしゃべったかもしれないと疑心暗鬼になり、お咲ちゃんたちを襲ったものと……あっ、もしかしたら？」

「またまた何か気づいたか？」

「お奉行様に脅迫状を出したのは、利兵衛さん……いや、まったくの憶測。今言ったのは、気にしないでください」

「いや、あながち外れてはおらんかもしれんぞ。利兵衛さんなりに考えて、裏富講の実態を明らかにしようとしたのかもな。自分の口で言えないなら、北町奉行の榊原様にそれを託そうとの暗示だったのかも」

「町人ならば、町奉行所に訴える以外にねえですからね。北町のお奉行様を脅して動かそうなんざ、ちょっとやそっとじゃ思いつきやせんぜ」

丈一郎も源三も、音乃の憶測に一目《いちもく》置いた。

「利兵衛さんは、浜岡様のことを知ってたのかしら？」

「どういうことだ、音乃？」

「お奉行様への書状には、この一件から手を引けと書かれてましたよね。もし差出人が利兵衛さんだとしたら、奉行所が動いていることを知っているってこと」

「ちょっと待ってくだせえよ。そうなると、わざわざ脅迫なんて手の込んだことをして、訴えなくてもよろしいんでは」

「源三さんの言うことには一理あります。ですが、こう仮定してはいかがでしょう。浜岡様と利兵衛さんは、結びついてた」

「ずいぶんと突拍子《とっぴょうし》もないこと……いや、ありうるか」

丈一郎が一度は首を横に振り、すぐにうなずく仕草をした。

「お二人が、なんらかで接点があったと考えますと、いろいろと腑に落ちることがあります。まずは、裏富講は表に名さえ出さない闇の組織。梶村様でさえ、知らなかったですものね。それを、なぜに浜岡様は知っておられたのか……」

「利兵衛さんから聞いたと、音乃は言うのか？」

「死ぬ間際、利兵衛さんはこんなことを言ってました。『裏富講は、わしらの手には負えなくなった。潰れたほうがいいのだと』と。もし、利兵衛さんが裏富講を潰したいと思っていたら……」

音乃は、利兵衛の臨終の間際を思い出していた。

『――もしや、旦那さんはご存じでは？　北町奉行所の浜岡……』音乃が浜岡の名を口に出したとしたところで、利兵衛の目がカッと見開いた。

「あのときおそらく、利兵衛さんはうなずきたかったのだと、今ではそう思えるようになりました。どこでどうつながったかは、お二人が亡くなった今では訊きようもありませんが……。浜岡様は、お奉行様にだけは告げておいて内密で探っていたのだと」

「なるほど。それだったら、梶村様を通さないでお奉行に話がいくな」

「お奉行様への脅迫は、予《あらかじ》め意味の通った秘密の符号かと。いえ、というよりも、そろそろ動いてほしいという催促だったのかも。だけど、町奉行所は表立っては動けない」

「相手は作事奉行や寺の住職だぞ。町奉行所は動けなくても、目付や大目付、寺社奉行の手により……」

「それができないよほどの大物がいると梶村様はおっしゃってました。将軍家を揺るがすほどの……」

「そこには、触りたくない……いや、触れられないということか」

「おそらく慎重を期しておられるのでしょう。それと、お奉行様にとって一つだけ誤算だったのは、浜岡様が殺されたこと」

「それで、わしらにお鉢が回ってきたということか」

得心をするようなうなずきを、丈一郎が見せた。

「またまたちょっと、よろしいですかい？」

「どうぞ、源三さん……」

「でしたら、お奉行様はなぜ梶村様にも詳しく話さなかったんですかねえ？」

「そこはお奉行様のお考えでなんとも言えませんが、一つだけ言えるのはわたしたちに話がきたということは、梶村様も絶対に表沙汰にできないと心得ていて、お義父さまとわたしに任すと」

「浜岡様は、やはりお奉行の密命を受けていたのか。裏富講の客ではなかったのだな」

「そう考えて、間違いがないと」

「もっとも、そんなに金があるとは思えんかったが。となると、浜岡様が殺されたのは、探りが露見してってことか？」

「それは、今のところはなんとも。ですが、作事奉行服部一派が関わっているのは確かだと思います。あとは、証しを立てるだけ。それが意外と厄介そうですが、悪い奴らは必ず地獄の閻魔様のところに送ってあげます」

間もなく真之介の一周忌。

「あなた、待っててくださいね」

音乃は、仏壇に顔を向けて呟くように言った。

三人の考えはまとまり、あとは証しを立てるために動くだけとなった。


翌日早朝から、三人は別々となって動いた。

明六ツ前に、丈一郎は梶村の屋敷を訪れこれまでの経緯を語った。

語りの途中に、こんなやり取りがあった。

「よくぞ、作事奉行の服部様のことが知れたな」

「黙っていても、向こうのほうから仕掛けてきましたので。浜岡様の奥様とは、ご親戚とのこと。そんなお方に夫は殺され、自分は命を狙われたのですから、余程腹を据えかねたものと、音乃は申しておりました」

「やはり浜岡は、お奉行の命《めい》を受けていたのか」

「お奉行にお訊きしないと確かではありませんが、まず間違いないかと……」

部下の不正ではないことを知った梶村は、亡くしたことは残念だが疑いが晴れたという、悲喜がこもる複雑な表情となった。

浜岡と利兵衛の関わりには、梶村もうなずきながら聞いていた。

話は、伝馬町牢屋敷の火事におよぶ。

「……というわけで、失火ではなく付火《つけび》ではないかと」

「伝吉とお富を逃がすためだけにか」

「おそらく、それが目的と。となりますと、付火の元となった者がいるものと……」

「囚人では無理だな。そうなると、牢屋番の中にいるということか？」

「もしや、浜岡様もその者を知っていたのかも……」

「浜岡がか？」

「探索も、ちょっと深く入り込んだものと」

「誰が火を付けたか、徹底的に調べるか」

憤る口調で、梶村が言った。

「お願いいたします」

両の拳を畳につき、丈一郎は改まる姿勢で拝した。

音乃は、久松町のお咲のもとを訪れていた。

「朝早くから、ごめんなさい」

「いえ、まったくかまいません」

「あれから、おかしなことがあった？」

「いえ、何も。借金取りも来ないし……」

「もう、誰も来ないから安心していいわ」

「借金取りのあいつらは？」

「あきらめたみたい」

「あきらめたって……？」

「存外、悪い奴ではなかったようよ、あの時蔵って男。それより、お咲ちゃん……」

音乃の声音が、にわかに低くなった。

「なんでしょう？」

「利兵衛さんは、亡くなる数日前、書き物をしてなかった？」

「書き物って？」

「手紙みたいなもの」

「お父っつぁんは、寝たきりでしたし書き物はできなかったと。少なくとも、あたしは覚えがないです」

「そう……」

狙いが外れたと、音乃は肩を落とす思いとなった。音乃が歯嚙みをしたところで、竈《へっつい》で湯を沸かしていたお高が上がってきた。

「今、書き物とおっしゃってなかったですか？」

「はい。ご主人の利兵衛さんは……」

お高にも、同じ問いを向けた。

「それでしたら、二通ばかり書いてました」

「二通……どなたとどなたにですか？」

一通ではなく二通とは思いもよらず、音乃は膝を乗り出して訊いた。

「それは……」

いざ語るとなると、ためらっている様子である。

「もう、何も憂いはありません。どうぞ、ご心配なくお話しください」

宥《なだ》めるような音乃の口調に、お高の気持ちも決したようだ。

「一通は、北町奉行榊原様。もう一通は、八丁堀組屋敷内浜岡様宛てです」

浜岡への書状も利兵衛からとは、思ってもいなかった音乃である。その内容までは、知るところではない。だが、通じ合っていたことはたしかだったと、もつれる糸が一つ解ける心持ちになった。

「お高さんは、どうして宛先をご存じで？」

「飛脚屋さんに、それを出しに行ったのはわたしですから。宛名には、たしかにそう書かれてありました。あの人が、力を振り絞って書いたものです」

「あたしは知らなかった」

「お咲が、出かけていたときに書いたものですから」

「どうしておっ母さんは、今まで黙っていたの？」

「お父っつぁんが、誰にも絶対に話すなと。お咲にもと、それは凄い形相で言ってました。命を狙われていると先日知り、さらに怖くなりまして……」

「隠していたお気持ちは、充分に分かります。さぞや、お悩みになったとお察しします。ですが、もう安心してください」

服部の家臣がここをつき止める前に証しをつかみ、乗り込もうと思っている。その一歩手前まで来ていると音乃は考えていた。少なくも、相手の目をこっちに向けさせるだけの策は考えてある。

朝早く出向いて、音乃が知りたかったのは書状の一件だけであった。これからは、母娘ゆっくりと暮らせるだろうとの思いを抱いて久松町をあとにした。

帰る道々音乃は考えながら、歩いた。

「……浜岡様への書状には、いったいどんなことが書かれていたのかしら？」

その書状を読んでから、浜岡は火鉢で焼き捨てたと志保が言っていた。すぐにそのあと、浜岡の独りごとがあった。

『――お奉行に申しわけない』

――利兵衛さんからの書状に、どんな意味が含まれていたの？

「……いったい、何が申しわけなかったのだろう？」

音乃の頭の中が、目まぐるしく回転する。自問が、呟きとなって出た。

謝《あやま》ることといえば、探りが露見したとしか考えられない。だが、それはおかしい。すでに財産を無くし、裏富講とは離れて寝たきりとなった利兵衛からの報せである。ならば、事件の根幹がそこには記されていたものと推測できる。

「利兵衛さん、何を書いたというの？　教えてくださいな」

音乃は、青く晴れ渡った空に一点浮かぶ、白い雲に語りかけるように独りごちた。

三

源三は浅草に出向き、的屋《てきや》である竹屋一家のことを探っていた。

相手は香具師の大親分である。直《じか》には接触できないと、源三は搦《から》め手から当たることにした。

表立って店は出していないので、看板も掲げてはいない。だが、場所はすぐに知れた。大川端沿いの、駒形町《こまがた》に竹屋一家の本拠があった。吾妻橋《あづまばし》が架かる以前、対岸の本所とを艀《はしけ》で行き来する竹町の渡しがあったその近くである。今、竹町の渡しの跡には、船宿があり川舟の船着場がある。

朝早くから露店を張る高市《たかまち》に出向くのか、若い衆《し》たちが忙《せわ》しなく働いている。大八車に荷を積む若い男に、源三が声をかけた。

「竹屋一家はこちらさんですかい？」

「ああ、そうだが。おめえさんは？」

「へい。源三といいやすが、こちらに若衆頭の半七さんはおられやすかい？」

「半七兄貴なら、先だって死んじまった」

「えっ、お亡くなりになったんですかい！　そりゃ、なんで？」

驚く形相で、源三が問うた。芝居も堂にいっている。

「はっきりしたことは、あっしに訊かれたって分からねえ」

「さいですかい。ところで、兄さん……」

源三が、危険承知で訊く。

「裏富講って知ってやすかい？」

「うらとみこう……なんでいそりゃ。聞いたこともねえな」

「知らなきゃ、いいんです」

「おい、何をぐずぐずしてやがんで。さっさと、荷を運ばねえかい」

「すいやせん、兄貴……」

怒鳴り声に、若い衆の動きは慌しくなった。それからは源三を相手にすることもなく、荷車を牽《ひ》いて去っていった。

表情一つ変えずに答えた若い衆に、源三はそれで充分と取った。誰に訊いても、同じ答しか返らないだろうし、訊けるものではない。あとは、半七がなぜに裏富講を知っていたのかだ。

指物師の伝吉を、伝馬町送りにしたのは半七との諍《いさか》いであった。それは、仕組まれたものと推測できる。その命令を下したのは、大親分の惣五郎以外に考えられない。半七にだけ、裏富講のことを語ったのか。その筋を知りたくて、源三は浅草まで来たのであった。

一家の戸口先が、にぎやかになった。

「大親分のお出かけだ」

そんな声が、源三の耳に入った。しめたとばかり源三はその場を離れ、遠目で様子を探った。

　外で、二十人ほどの若い衆が両側に分かれて整列をしている。建屋の中から、五十歳前後の痩せぎすだが目つきの鋭い男が、取り巻きを五人ほど引き連れて出てきた。絹織りの地味な小紋柄の小袖は、裕福な商人が好んで着る。その上に、黒の紋付羽織を被せてある。法事にでも行くような身形は、どこから見ても堅気である。だが、口をへの字に結んで眼光鋭く、前一点を見据えて歩く姿は、素人《しろうと》では近づきがたい渡世人の雰囲気をかもし出していた。

「……あれが、江戸の香具師たちを束ねる貫禄ってやつかい」

　源三が、惣五郎を見やりながら呟いた。

「いってらっしゃいやし」

　整列して深々と頭を下げる若い衆たちには目もくれず、眉間に一本の縦皺を立てた、不機嫌そうな面構えであった。

　大通りには行かず、大川沿いを歩く。五人の警護に囲まれ、竹町の桟橋に向かっている。

　源三にはありがたかった。近くの桟橋に、源三が漕ぐ猪牙舟《ちょき》を停めてあるからだ。

「……どこに行きやがるか、尾《つ》けてやれ」

舟玄の半纏を羽織り、着流しを尻っぱしょりし船頭となって源三はあとを追った。

「おめえらは、ここでいい」

大川の堤を下りて、竹町の栈橋に停まる猪牙舟に惣五郎が独り乗った。

「いってらっしゃいやし。お気をつけて……」

ここでも、子分たちの見送りがあった。

「警護もつけねえで、独りかい」

大親分が、独りで出かけるなんてことがあるのかと、源三の首が傾いだ。

別の栈橋につけてある舟に、源三は乗った。惣五郎を乗せた舟が、川下《かわしも》へと進む。

源三は、その後ろ二十間ほど間を開けて漕いだ。

船頭をやっていてよかったと、このときほど思ったことはない。源三は、見失うまいと目を凝らして前の舟を追った。

日和《ひより》もよく、大川は多くの舟が行き交っている。

荷積みの大型の船もあれば、遊覧をする屋形船もある。帆船から手漕ぎの川舟まで、舟の形は千差万別であった。江戸湾の引き潮は、川の流れに影響する。大川の流れが速い。上る舟と下る舟とでは、その速度の違いは瞭然であった。

「……気をつけねえと、ぶつかっちまう」

源三は、呟きながら櫓《ろ》を漕いだ。舟を追わなくてはならないし、前から来る荷船にも気を使う。案配よく、舟の速度を調節するのが船頭の腕の見せどころである。

猪の牙のようにつき出た水押《みお》しが、水面を切って進む。

「それにしても、前の舟はずいぶんと速えな、どんどん他の舟を追い抜いてやがる。決まりってものを知らねえのか。そんなに急いで、どこに行く？」

同じ速さで漕がなくては見失ってしまうと、源三も櫓の動きを速くした。

惣五郎が、船頭に向けて怒鳴っている。

「もっと、速く漕げねえか！」

「親分さん、これ以上は無理ですぜ。流れが速くて、前からもどんどん舟がやって来やす。こんなときは、周りの舟と速さを合わせるのが暗黙の決まりなんで」

「つべこべ言うんじゃねえ。こっちは、急いでるんだ」

新大橋《しんおおはし》が遠くに見えてきた。橋を潜ったところで、川は右に大きく逆くの字に曲がる。橋脚もあり、前が一瞬見づらくなる。とくに引き潮のときは、川舟にとっての難所であった。速度を緩めて、橋の下を潜らなくてはならない。

船頭は、櫓を立てて進みを緩めた。

櫓臍《ろへそ》が、ギギーと軋《きし》みを鳴らした。

舟を遅くさせるのを、惣五郎が許さない。

「何をやってるんでえ。舟を止めるんじゃねえ、気張って櫓を漕がねえか」

目の前に、新大橋の橋脚が迫ってくる。それさえ避けるのが、精一杯である。船頭は、渾身の力を込めて舵《かじ》を取った。

橋桁は潜れたものの、すぐさま右に舵を取らなくてはならない。曲がりに入り、もっとも速度を緩めなくてはならないところを、惣五郎の乗った舟はあろうことか全速力で突っ込んだ。

目前に、黒い塊が見えたと思ったがもう遅い。

衝突を、源三は見ていた。

「屋形船とぶつかりやがった」

大型の屋形船には敵《かな》わない。ぶつかった瞬間猪牙舟は横転し、惣五郎と船頭は川に放り出された。

源三がすぐに漕ぎつけ、あたりを見回すが船頭の姿はない。

深みで惣五郎が溺れているのを見つけ、源三は舟を寄せた。

「これにつかまれ！」

大声を張り上げ、源三が長さ二間《けん》ほどある水棹《みさお》の先を、惣五郎の目の前に差し出した。つかまる手応えを感じ、源三が水棹を力一杯引く。

源三の舟も小型である。水面では、舟が安定せずに大きく揺れる。下手《へた》をすると、源三のほうが川の中に引きずり込まれてしまう。舟の中ほどの胴の間で踏ん張り、さらに棹を引いた。

どうにか舟まで引き寄せることはできたが、引き上げるのが困難である。舟はかなり傾いている。無理矢理惣五郎を引き上げれば、舟は転覆してしまう。

するど、舟の傾きがなくなり揺れが安定した。

他人の難儀を見捨てる者もいれば、助《すけ》に入る者もいる。

「こっちを押さえてるぜ」

反対側の小べりに舟をくっつけ、三人ほどで押さえている。これで源三は、目一杯力を込め惣五郎を引き上げることができた。

かなり水を呑んでいるが、惣五郎の命に別状はない。水を吐かせると、惣五郎は息を吹き返した。

船頭を助けてやることはできなかったと悔やんだが、一人助けるのが精一杯だったと、源三は自分自身に言い聞かせた。

惣五郎は、口が利けるほどに回復している。

「船頭。悪いが、虎ノ門《とらのもん》までやってくれ」

居丈高に、源三に話しかけてきた。

「体のほうは、よろしいんですかい？　ずぶ濡れですぜ。どっかで休んでったほうが……」

「そうはしておれん。どうしても四ツ前までに、愛宕山下まで行かなくてはならんのでな」

源三のほうも、惣五郎の行方を知りたい。

「ようござんす。あのあたりの桟橋に着けりゃ、よろしいんですね」

「ああ、そうだ。船賃は弾む……ない。いかん、財布を落としてしまった」

懐に手を入れ、惣五郎が慌てている。

「わしは、浅草竹屋一家の惣五郎って者だ。若い者に届けさせるから、船頭のいる船宿を教えてくれ」

「竹屋一家なら、手前も存じてやす。こちらから取りにうかがいやすんで、ご心配なく。ところで、愛宕下のどちらに……？」

「余計なことは聞かんでもいい」

鋭い眼光が、櫓を漕ぐ源三に届いた。

「へい、すいやせん」

同じ目に遭ってはまずいと、源三を急《せ》かせることはなかった。

やがて舟は大川から八丁堀に入り、三拾間堀を南下し芝口から江戸城を囲む外濠に舵を取った。真っ直ぐに行けば、溜池《ためいけ》の用水地に当たる。その途中に、虎ノ門の船着場があった。

「ここで、よろしいですかい？」

「おかげで助かった」

ずぶ濡れで、元結《もとゆい》まで解けたざんばら髪の、惣五郎の姿は無残であった。

――そんな姿をしてまで、行かなくてはならないところとは？

源三の脳裏をよぎる。

――曹厳宗五光山東本龍寺……。

「頭だけでも、まとめておいたらいかがですかい」

源三は髪結いの亭主である。自分もいつ川に落ちるか分からない。こんなこともあろうかと、櫛《くし》と元結くらいは身支度にある。

「そうしてもらおうか」

四ツを報せる鐘の音が聞こえたが、惣五郎は身形を整えることにした。

見よう見真似で覚えた腕で、源三が惣五郎の髪をまとめた。

「ちょっと恰好はよくねえですが、ざんばら髪よっかはましでやしょう」

「すまなかったな。何から、何まで……」

「いいってこってす。困ったときは、お互いさまで」

勘が当たれば、行くところは分かっている。惣五郎が舟から降りたあと、五十間ほど間が開いたところで源三も降りた。

惣五郎は愛宕山下の寺町に入り、東本龍寺へと向かっていく。やはりとの思いで、境内を探ろうとしたが、それは叶わない。

山門まで来ると立て看板がかかっている。『中川《なかがわ》重三郎《じゅうざぶろう》殿七回忌法要』と、記されてある。門前には侍が三人見張りに立っている。

「墓参りなんですが……」

「きょうは駄目だ。偉いお方の法要なのでな、別の日に来い」

参拝客を装うも、締め出しを喰らう。

境内をのぞくと、五十人からの男がたむろしている。その中に、惣五郎の姿もあった。

「竹屋の親分、どうされましたのです？　そんなずぶ濡れになって……」

「いえ、ちょっとありまして」

「さあ急がないと、講が始まってしまいます」

そんな話し声が、源三の耳に入った。

「……やはり、裏富講の集《つど》いだったか」

呟いた源三は、船着場まで引き返すことにした。


源三の報せは、すぐに巽家にもたらされた。

「やはり、東本龍寺が絡んでいたのね」

一つ一つ、疑問の糸が解けていく。

「法事に見せかけての、裏富講の開帳か」

「あの金色の本堂に、二百人からの人が集まっているのですか」

「どうも、そのようで」

「さすが源三だ。一発で相手の在り処をつき止めてきたな」

「これで、竹屋一家の惣五郎親分とは、強いつながりができやしたぜ」

「あとは、それをどう活かすかだな」

丈一郎と音乃にも、収穫があった。

伝馬町牢屋敷の火事は付火ということで、再調査される。奉行榊原への脅迫文は利兵衛からのものであったと裏づけが取れた。浜岡への文も、利兵衛からのものであったとは丈一郎も予想をしてなかったことだ。

しかし、誰が牢屋に火を付け、浜岡への書状に何が書かれていたかは疑問のままだ。だが、確実に真相の解明に近づいているのはたしかだ。

「……お奉行様に、お話しできる日も近い」

音乃の呟きであった。

四

翌日、親類縁者が集まり、真之介の一周忌が厳《おごそ》かに執りおこなわれた。

読経を済ませ、僧侶の説法があった。

「故真之介殿は、今は天界の御仏《みほとけ》のもとにて、安佚《あんいつ》の暮らしを謳歌《おうか》されていることであろう。この世に残された者は何も憂えることなく、故人の成仏《じょうぶつ》をただひたすら

『南無釈迦尊言阿弥陀仏』と、唱えることが肝要」

――天に昇られては困る。真之介さまには地獄でもって、働いていただかなくては……。

「……もうすぐ悪人たちを送り込みますから、どんどん裁いてくださいね。忙しくなりますわよ」

仏壇に置かれた真之介の位牌に向けて、音乃は誰にも聞こえぬほどの声音で話しかけた。

すると、位牌がカタカタと動き出す。「おや……？」と、音乃が思ったところで、誰彼《だれかれ》となく声が上がった。

「地揺れか……」

騒然とするも、すぐに揺れは治まった。だが、音乃には真之介に気持ちが通じ、今の地揺れはその返事だと取れた。

清めの酒で丈一郎と源三はしたたかに酔い、律と音乃はあと片づけに忙殺されて一日は暮れた。

その夜音乃が眠りにつくと、真之介が夢枕に立った。何か言ってる。『……から目を離すな』と聞こえる。

目を覚ますも、行灯《あんどん》の明かりは消えて闇の中である。

「……て、誰のこと？」

肝心なところが聞こえなかった。音乃は気になりながらも、深い眠りへとまた入っていった。


翌日の昼前から、音乃と源三で動いた。

一昨日打ち合わせた手はずを、これから実行に移すためである。

浅草へは、源三の漕ぐ舟で行った。竹町の桟橋に舟を置かせてもらい、竹屋一家へと赴《おもむ》く。このとき音乃は、黄八丈に娘島田髷《しまだまげ》を結い、町娘に成りすましていた。こうすると実齢よりも若く、清純な娘に生まれ変わる。

竹屋一家の戸口先に立って、源三が中へと声をかけた。

「ごめんくだせえ」

昼どきなので、若い衆は出払っているのか、なかなか誰も出てこない。三度ほど声を飛ばしたところで、ようやく反応があった。

「誰でえ……？」

若い衆とはいえぬ、三十も半ばの男が出てきた。上背もあり、どっしりとした体格は一家でも相当高い地位の者に見受けられる。

「大親分さんは、おいでですかい？」

「いや、いねえけどどちらさんで？」

答える男の目は、音乃のほうに向いている。

「あっしは源三と申しやして……」

「おっ、あんたさんかい。一昨日《おととい》、大親分を助けてくれたってのは」

眉間を寄せて八の字だった眉毛が、平たく変わった。にわかに面相も柔和《にゅうわ》となった。

「船賃を取りに来たんかい？　大親分から、言付《ことづ》かってるんでな。礼を含めて、十両あるからもっていきな」

金が欲しくて来たのではない。今、船賃をもらったらこの場で引き返さなくてはならない。そうすると、二度と惣五郎に会うことはできないだろう。命の恩人ではあるが、相手が金で済まそうとしている以上、恩着せがましいことはできない。そんなこともあろうかと、音乃も一緒に来たのである。

「こいつは、あっしの娘で……」

「そうかい。あんたさんとはまったく似ても似つかねえな。ずいぶん別嬪《べっぴん》なんで、信じられねえ」

父娘では無理があったかと、源三は怯《ひる》みをもった。

「ええ、かかあ似なんで」

「そうかい。よっぽどきれいなかみさんをもらったんだろうな、羨ましいぜ。ところで娘さんがどうかしたんで？」

「竹屋の親分さんに、一目会いてえと……」

「なんだと、大親分にか。あんな爺さん……おっといけねえ、聞こえたら殺されちまう。大親分に会いてえなんて、そんな若えのに酔狂《すいきよう》にもほどがあるぜ」

「いえ、そういったつもりではないのです。ただ以前一度お見受けし、そのとき助けていただいたことがあるのです。いやな男に絡まれまして……」

「たしかにそういったこともあるだろうな。そんとき、うちの大親分が助けたってか」

「お父っつぁんから竹屋一家の親分とお聞きしまして、ぜひ一度そのときのお礼をと思いまして」

「そうかい。ずいぶんと、義理がてえ娘だな。大親分は、そんな話が大好きだぜ。分かったって言いてえところだが、生憎《あいにく》大親分はここにはいねえんだ。住まいは別のところなんでな」

「どちらに行ったら、お会いできやす？」

「すまねえが、居どころは教えられねえ」

「どうしてなんです？」

音乃が、詰め寄るように訊いた。

「大親分は、江戸の高市を牛耳《ぎゅうじ》るお方だ。その分、敵も多くてな……」

「ですが、先だっては警護もつけずお独りで行かれやしたが」

「あんときは、特別だ。独りで行かなきゃいけねえところもある。舟なんで安心してたんだが、まさか屋形船にぶつかるとはな。いや助かったぜ、俺からも礼を言う。そうだ、俺は浅草の本拠を任せられてる者で、竹屋一家じゃ帳脇《ちょうわき》ってところの時次郎《ときじろう》ってんだ」

「時次郎さんですかい」

源三の、ギロリとした目が時次郎に向いた。

「どうかしたんで？」

「もしや大親分さん、あんとき、誰かに追われてたんじゃなかったですかねえ」

「どういう意味だい？」

「やけに舟が速えの速くねえの。傍《はた》で見てても、無茶な漕ぎ方でやしたぜ。あれは、何かから逃げてたとしか言いようがねえ」

「逃げてたって。なんでだ？」

源三の、鎌かけであった。すると、明らかに時次郎の顔色が変わった。音乃はそれを見逃さない。源三の背中をつついて、意思を知らせた。

「なんでと訊かれやしても、あっしが知るわけありやせんや。ただ、そう思っただけでして。そういや、あっしは見てやしたが、あんとき屋形船のほうからぶつかってきたような……」

「なんだって？」

「いや、あくまでもそう思っただけで。船頭を長くやってりゃ、不意にぶつかったか、わざとぶつかったかぐれえ分かりやすぜ」

「ちょっと待っててくれねえか、源三さん」

言うと同時に、時次郎は奥へと入っていった。

「惣五郎に会えやすぜ、音乃さん……」

音乃がうなずいたところで、時次郎が戻ってきた。着流しに羽織を被せている。

「ちょっと、親分のところに行って、その話を詳しくしてくれねえか。俺が、案内してやる」

「へい、かまわねえですが。娘も、直《じか》に礼が言えやすんで」

お願いしますと、音乃が大きく頭を下げた。

「源三さんは、舟で来たんかい？」

「へえ。竹町の桟橋につないでありやす」

一家に居残る若い衆三人に、時次郎は見送られる。

「行ってらっしゃいやし、親分……」

——親分だって？

音乃の首が、いく分傾いだ。

舟に同乗し時次郎に案内されたのは、本所竪川の三ノ目之橋《さんのめのばし》近くであった。横川《よこかわ》に近く、地名は菊川《きくかわ》と呼ばれるところである。周囲は大名家の下屋敷や旗本の拝領屋敷、商家の別宅などが建ち並んでいる。その閑静な一角に、惣五郎の屋敷はあった。町人ではあるが、武家の屋敷を買い取りそこを本宅としていた。

本所竪川といえば、半七が溺死していた川である。

敷地が五百坪ほどの中に、百坪ほどの瀟洒《しょうしゃ》な平屋の母家が建っている。藁葺《わらぶ》き屋根で、侘寂《わびさび》の風流を感じさせる優雅な造りである。

「けっこうな、お住まいですね」

脇門から中に入ったそうそう、音乃が庭を見回しながら言った。

「元は大身旗本の別荘でな、作事奉行は服部様の……」

時次郎のうしろにつく音乃と源三が、顔を見合わせた。

「へえ、さいですかい。どおりで、ご立派なお屋敷だと思いやしたぜ」

短冊形に埋められた敷石を踏んで、格子戸が閉まった玄関先へと来た。

「ちょっと、ここで待っててくれ」

時次郎だけが、家の中へと入っていく。

「どうやら、都合よくなってきやしたね」

「ここなら、子分たちもそんなにいないでしょうし……」

邪魔だてがなく、惣五郎を問い詰めることができる。

やがて格子戸が開き、時次郎が出てきた。

「大親分が会うとよ。中に入ってくんな」

時次郎が長い榑縁《くれえん》を先に歩き、腰高障子の前に立った。

「大親分、連れてきやしたぜ」

「いいから、入りな」

障子は開け放しとなり、丹精された庭が見渡せる。

「時次郎はもういいから、浅草に帰りな」

「へい。それでは、ごめんなすって」

廊下を去る時次郎の足音を聞いて、惣五郎の口が開く。

「この部屋が、一番庭の眺めがよくてな……」

先日とはうって変わって、にこやかな表情である。居どころは教えるなと、子分に触れを出しているわりには上機嫌のようだ。

「いや、先だっては命を助けられた。改めて、礼を言う」

うなずくような頭の下げ方だが、大親分の貫禄としてはこれが精一杯なのだろうと音乃は取った。

「ところで、いつぞやお嬢《じょう》をわしが助けたというが、顔に見覚えがないな。いったい、いつのことだ？」

「申しわけございません。あたしの勘違いでした。大親分さんのお顔を拝見し、あたしも違いに気がつきました。お父っつぁんから竹屋の親分と聞き、てっきり……」

「竹屋には、あっちこっちに親分衆がいるからな。今の時次郎も、親分と呼ばれる男だ。なので、わしの場合は大親分と言われるのよ」

「これは、失礼をいたしました」

「まあ、いいってことよ」

「大親分さんは、こんな大きなお屋敷にお一人でお住まいなのですか？」

「ああ。女房はおととし亡くしてな、三人の倅《せがれ》はあちこちの店を任せてる」

「お身の回りは……？」

「下男と下女が、みんなやってくれる」

「お独りで、物騒ではないんで？」

「ここの居どころは誰にも教えてはおらん。客が来たのは、あんたらがはじめてだ」

「お寂しくないので？」

「とんでもない。あんな無骨な子分たちに囲まれてたって、落ち着かねえだけだ。用があるときは、こっちから出向くことにしている」

袖なしのちゃんちゃんこを着て、好々爺《こうこうや》といったところである。明らかに、子分たちを前にした面構えとは違う。源三は、惣五郎の二面を見る思いであった。

「ところで、源三さんは妙なことを時次郎に吹き込んだそうだな」

にわかに惣五郎の表情が厳しくなった。柔和だった目が吊り上がり、まさに香具師の大親分の形相である。

「屋形船のほうからぶつかってきたって、いったいどういうことだ？」

「へい、あっしにはそう見えやした」

「待ち伏せでもしてたってことか？」

「そいつは、なんともあっしには……」

「そうだったな」

腕を組んで考える惣五郎の素振りに、音乃と源三は、ここが切り出しどころと小さくうなずき合った。

「つかぬことをうかがいやすが、もしや大親分さんはやばいことに手を出していやせんか？」

「やばいことってのは、なんだ？」

「例えば、大金がかかる博奕とか……」

「博奕だと？　わしは、博徒じゃなくて、香具師の元締めだぞ。生業《なりわい》が、違う」

「いや、やくざの賭場で開帳されるような、小博奕なんかじゃありやせん。ときとして、何万両もの……」

「いってえ、何が言いてえ」

急に突っ込まれ、明らかに惣五郎は動揺しているようだ。顔が瞬時に厳《いか》つく変わる。

――あら、怖い。

その形相たるや、数多《あまた》率いる子分たちが、震え上がるのも無理はない。音乃ですら、一瞬怖気《おぞけ》を感じた。だが、いくら強面《こわもて》でも相手は一人である。腕ずくならば音乃も自信があった。

「裏富講ってご存じでやすかい？」

とうとう、虎の尾を踏んだ。

「なんだと、それじゃおめえら……」

「へい、その裏富講ってやつの実態を探ってやすんで。そんなんで一昨日、大親分の乗った舟を追っていたのはあっしなんで」

強面ならば、源三も負けはしない。目を見据えて、惣五郎に向かった。

「そうかい。てえことは、一杯食わされたってことだな」

「はい。大親分さんも、裏富講に出入りしていると知りやして、探らせていただきやした」

源三の口調は、相手を敬っている。だが、受け答えの出方では態度を変えようとの肚《はら》であった。

「大親分さんともあろうお方が、供を一人もつけずに出かけるのはおかしいと思い……こいつは、裏富講の寄り合いにでも行くんじゃねえかと」

「案の定、愛宕山下の東本龍寺においでになりましたね」

音乃が、あとを引き継ぎ問い詰める。

「なんでえ、みんなお見通しだったか……そうだったんかい」

企《くわだ》てを知って、むしろ惣五郎は落ち着いた表情となった。うっかりと策に嵌《はま》った悔しさが面相に表れているも、うろたえないのは大親分の度量と見て取れる。怒り心頭に発して抵抗があるものと思っていた音乃と源三は、肩透かしを喰らう面持ちとなった。

「おめえらは、ただの狢《むじな》じゃなさそうだな」

「はい。ですが、貉は大親分さんのほうではございませんか」

「おめえ、小娘のくせしてずいぶんとでけえ口を叩きやがるな。俺を誰だと思ってやがる」

「竹屋の大親分さんとは、重々承知しております。ですが、人を殺したり貶《おとし》めたりすれば、どんなお方でしょうが天罰が下るのは当たり前」

音乃は一歩も引かずに啖呵《たんか》を切る。

「人を殺すだと……いったいこのわしが何をしたってんだ?」

「大親分さんがとは言いませんが、ここのところ、裏富講が絡んで殺されたり亡くなった方がおられます。大親分のお身内の、半七さんもそうじゃありませんか?」

はっきりと口にして、音乃が詰め寄る。

「なんだと! そこまで調べがついてるってのか?」

「はい。裏富講は、絶対の秘密組織といわれてますが、もうあるところには筒抜けでございます」

「あるところだと、そいつはどこだ?」

「今は、申せません。大親分さんの出方次第では、語ってもよろしいですが。ところで今の口調ですと、大親分さんは半七さんが殺されたことをご存じなようで……」

音乃は、惣五郎の顔色を探るようにのぞき込んだ。口をへの字に曲げ、渋面《じゅうめん》を作っている。それは、音乃たちに語るかどうかを迷っているかのようにも見えた。

「子分が死んだんだ。知ってるのは、当然だろう。何が言いてえ?」

音乃は、ここが畳みどころと問いの矛先を変える。

「大親分さんは、伝吉という男をご存じで?」

「ああ、半七の友人ってのは知ってる」

「その伝吉さんていうお人を、あたしたちは捜してるのですが……」

「伝吉を捜してるだと？」

「親分さんは、伝吉さんの居どころをご存じでは？」

「いや、知らねえ」

「知っているけど、お話しできないってことでしょ」

　ここが勝負と、音乃は強気に出る。

「すべては口封じのために、お身内のかわいい子分までも川に突き落として殺してしまい、挙句《あげく》は友人までも拐《かどわ》かす。二人を喧嘩させ、伝吉さんを伝馬町の牢屋に送り込んだのは、大親分の差し金ではございませんので？」

　白状しなさいと、音乃は片膝を立てようとしたが、既《すんで》で思いとどまった。惣五郎の顔が思案にくれているように見えたからだ。

　気持ちを決めたか、惣五郎の刺すような目が音乃に向いた。末端まで数えれば、数千人の配下がいるだろう。その頂点に立つ男の峻厳な面持ちに、音乃は一瞬怯《ひる》みさえも覚えた。

「お嬢はわしを疑ってるようだが、それは大きな間違《まちげ》えというもんだ」

「間違いとは、いったいどういうことでございましょう？」

「かわいい面《つら》して、そんなにいきり立つんじゃねえ」

「ごめんなさい」

惣五郎の貫禄に、音乃は押される。

「素直に謝るところなんざ、女として見込みあるな」

にわかに惣五郎の顔が、柔和になってきた。笑みも含まれるようになってきている。

「そこまで知られてちゃ、もう惚《とぼ》けるわけにはいかねえな。実は、伝吉のことはわしも探っていたのだ。ああ、身内は使わずに独《ひと》りでな」

「大親分さんがですか？」

「ああ、そうだ。もっとも、伝吉のことよりも半七を殺したのが誰かをな。御番所《ごばんしょ》では事故として片づけたが、そうじゃねえ」

一般の町人は、奉行所のことを御番所と呼ぶのが通例であった。

「半七さんを殺《や》ったのが誰か、大親分さんはご存じなので？」

「いや、そこまでは分かっちゃいねえ。だが、殺ったのは裏富講の誰かと薄々は感じて、先だっては寄り合いの前に乗り込んで探ろうとしてたんだ。だが、船頭を急かせすぎたか、あんな目に遭っちまった。おかげで、みんな集まってしまっていたんで、探りは叶わなかった」

「そうだったんですかい」

惣五郎の話に、ようやく源三も得心したようだ。

「寄り合いってのは、次の富くじのことですか？」

「ああ。そこまで知られていちゃ、もう隠し立てはしねえよ。裏富講も、そろそろ見限らねえとな。どうだ、御番所に訴えるか？」

「いいえ、あたしたちの口からは何も申しません。あるお方が殺され、その真相を知るためにあたしたちは動いているだけです。はい、その奥様の意趣を晴らそうとしてです」

「あるお方ってのは、誰なんで？」

「ご浪人さまとだけ……」

北町奉行所与力、浜岡の名は隠して言った。まだ、惣五郎のすべてを信じているわけではないからだ。

「浪人だと？　半七の話の中に出てきたな」

「それは、いったいどういうことでございましょう？」

「まさかわしは、半七の口から裏富講のことを聞くとは思わなかった。一月《ひとつき》も前になるかな……」

惣五郎は目を上に向け、長押《なげし》あたりを見やりながら、思い出すように語り出す。

一月ほど前、惣五郎が浅草の竹屋一家に顔を出したときのこと。

「——大親分、ちょっとよろしいですかい?」

居間で茶を啜《すす》る惣五郎を、半七が訪ねてきた。

「大親分は、裏富講ってのを聞いたことがありやすか?」

「うらとみこう……なんだ、それは?」

内心ドキリとしたが、惣五郎は知らぬ振りをして訊いた。

「なんですか、でかい賭博《とばく》らしいんで。大親分なら、ご存じだと思いやして。知らなけりゃ、それでよろしいんで。お邪魔しやして……」

「ちょっと待て、半七。いってえ、どういうことだ? 話を途中で切るなんて、許さねえぞ」

「へい、すいやせん。実はあっしの友人で、伝吉っていう指物《さしもの》職人がいるんでやすが、なんですか変な浪人からでかい箱を作ってくれと頼まれやして。なんに使うんだと訊きやしたら、そんとき『裏富講』って名が出たらしいんでさあ。裏富講ってなんだって訊いても答えてくれず……伝吉はちょっとあっしに漏らしたと、ただそれだけの話でして」

　誰であろうが、外には漏らさないのが裏富講の掟《おきて》である。聞き捨てならぬと惣五郎は、半七を引き止め語調を強くして言う。

「おい、半七。そのことは、誰にも話すんじゃねえぞ」

「なんで大親分は、そんな剣幕で……？」

「いや、俺もちょっと裏富講の名を思い出した。なんだか、そこらで名を出しただけでも殺されちまうらしい。滅多やたらと、口にするんじゃねえぞ」

「へい、肝《きも》に銘《めい》じておきやす」

　半七との会話はそこまでであった。その後、半七と伝吉の喧嘩があり、片方は殺され、片方は伝馬町の牢屋に入れられた。

　惣五郎の知っているのは、ここまでであった。

　ひと通り語ると、惣五郎の顔は音乃に戻った。

「伝吉さんのことで、ご存じなのはそれだけでしょうか？」

「ああ、それだけだ」

「ならば、伝馬町の牢屋で小火《ぼや》があり囚人が三日間の切り放しとなりましたが、伝吉さんが戻ってこずに行方知れずになったってことは……」

「いや、知らねえ。そんなことが、あったのか」

惣五郎は、本当に知らないらしい。それを裏づける言葉が次に出る。

「ちょっと前のことだが、東本龍寺で指物職人らしい男を見かけたことがあってな、もしかしたらそれが伝吉……？」

「なんですって！　やはり、東本龍寺でですか」

「やはりって、知っていたのか？」

「いえ、確かめたわけではないのでなんとも。ですが、その男こそ伝吉さんだと思って間違いないでしょう」

「なんで、伝吉は東本龍寺なんかに？」

「大親分は、何を作っていたのかご存じないので？」

「ああ、知るわけ……いや、でかい箱とかいってたな」

惣五郎の言葉に、音乃と源三は顔を見合わせうなずき合った。

そして音乃は、意を決したように口にする。

「おそらくですが、明日開催される芝飯倉神明宮での富くじの、突き札のからくり箱」

「なんだと！」

大音声が家の中に轟きわたった。

「旦那さま、お呼びで？」

声を聞きつけ、老いた下男がやってきた。

「いや、なんでもねえからあっちに行ってな」

下男を下らせる惣五郎の目は、優しいものであった。

「裏富講の中で、一等が当たるよう手目を仕掛ける者がおりますようで」

「やっぱり、そんな奴らがいるか」

「大親分さんは、驚きませんので？」

「ああ、なんとなく感じていたからな。ただ、からくり箱のところでは驚いた。そこまでやっているとは、まさか思わなんだ」

「欲の皮が突っ張ったお方がおりますようで。それが、どなたかはご存じありませんので？」

「分らんが、半七を殺した奴らであることは確かだろう」

惣五郎の眼窩に窪んだ目から、射抜くような鋭い眼光が放たれる。半七の、仇を取ってやるとの決意に音乃は取れた。

話は、裏富講のことに及ぶ。

「今度の裏富に当たると、二万両になるからな。わしも大枚五百両を叩《はた》いた」

「だとしやすと、一万両賭けても、倍になって返るのでは……？」

「それじゃあ、歯止めが利かん。一人が張れる額は五百両までと決められている」

音乃は歯止めを千両とみていたが、おおよそは憶測と変わりなかった。

「それに、前回の富くじでは当てた者がいなくてな。それが半分持ち越しとなっている」

「大親分さんは半分持ち越しになるとおっしゃいましたが、あとの半分はいかがなさるおつもりでしょう？」

「勧進元の懐に入る」

「その勧進元ってのは……？」

「どうやら、裏富講もこれで終わりだな……おわり名護屋《なごや》は城でもつってか」

音乃の問いには答えず、惣五郎は声音を落として愚痴めいたことを言った。

「今なんとおっしゃられました？」

語尾が聞こえず、音乃は問い返した。

「いや、なんでもない。人を殺《あや》めてまで、いかさまをしようとしやがるのか。誰だ、そんな不埒《ふらち》な真似をする野郎は？」

苦渋の声音であった。

「裏富講の寄り合いは、いつも東本龍寺で……？」

「ああ、先だっては別の富くじの開帳日であった」

それからというもの、なんらのためらいもなく、惣五郎が語り出した。

「今回は芝神明宮くじと重なってしまったが、大抵は二月《ふたつき》に一度東本龍寺の本堂で開帳される。そのときは法事と称して、参拝客は締め出される」

「も一度お訊ねしますが、どなたが勧進元で？」

「いや、それは言えねえ」

「もしや、作事奉行の服部様で？」

表情の変化をとらえようと、音乃と源三の、人を射抜くような視線が向かいに座る男の顔に向いた。

惣五郎の顔が、渋面となった。

「勧進元ではねえが、よくもその名が出たな。服部様を知ってるんかい？」

「この手目博奕の、仕掛け人のようで」

音乃が、躊躇なく名を口にした。

「作事奉行の服部が絡んでいやがったか。となると、半七を殺ったのも……」

惣五郎の体が、小刻みに震えている。

「その一味でございましょう」

音乃が、とうとう言いきった。

「野郎、ぶっ殺してやる！」

惣五郎の顔面が見る間に赤くなる。これまでにない苦悶の表情と、怒気をあらわにした口調となった。しばらくは荒い息を吐いて、気持ちを整えている。大親分たる者、いっときの激情に我を忘れてはならぬと、自らに言い聞かせているものと取れる。気を落ち着かせてから、語り出す。

「いかに金に困っているといっても、汚ねえ真似をしやがる。野郎は裏富講に、かなりの大枚を叩いていたからな。賭ける金がねえってんで、半年ほど前わしが金を用立ててやった。この屋敷を三千両で買ってやったんだ」

「三千両で……」

「その金も、使い果たしてしまったんだな。だが、お嬢が思ってる勧進元は違うぜ。あんな、小者なんかじゃねえ」

「すると、先ほどの呟き……尾張《おわり》名護屋はどうのこうのと聞こえましたが。まさか、勧進元というのは御三家《ごさんけ》の……？」

「…………」

惣五郎の答は無言であった。むしろそれが、図星と取れる。

五

惣五郎の名は、いかさまを企てる一味の中から消えた。いや、むしろ肝心要《かんじんかなめ》のことを聞き出すことができた。

話はかなり核心まで入り込め、それで充分と音乃は思った。あとは、いかさまの証しさえつかめれば全容は解明できる。

帰りの舟であった。

「やはり、この手目仕掛けは作事奉行の服部と、東本龍寺の大聖僧芳円、そして立花屋の三人の共謀ってことでやすか。竹屋一家の大親分は、関わりありやせんでしたね」

舟をゆっくりと漕ぎ、源三は大声でもって言った。

「もう一人、います。この人がいないと、裏富くじのいかさまは成り立たないと」

「へえ、それは誰なんで?」

「東本龍寺の副管主芳才……」

「ずいぶんな人格者と聞いてやすが」

「表向きはね。お富さんを東本龍寺に連れてきたのはこの人。元は女盗人とのこと。何かのために、お富さんの手を利用したかったのでしょう。それが何か分かりませんが、芝神明宮の富くじに関わることはたしか」

かすかに揺れる胴の間で、音乃は次の手はずを考えていた。そのとき音乃は、ふと真之介が夢枕に立って言ったことを思い浮かべた。『……から目を離すな』とたしかに言った。

「……それって、東本龍寺のこと?」

音乃は、聞こえなかった個所を人の名だと思っていたがそうではない。東本龍寺と呟いたところで、川面に鯉《こい》が飛び跳ねるのが目に飛び込んだ。音乃にはそれが、真之介が鯉をつっ突いたものに思えていた。

「源三さん……」

「へい」

「今、なんどき？」

「昼八ツを過ぎたあたりかと……」

源三が空を見上げ、天道の位置をたしかめて言った。

「東本龍寺に行ってみませんか」

「よし、がってんだ」

源三の、櫓を漕ぐ腕に力が入った。

墓参りの振りをして、東本龍寺の山門を潜った。

大寺院とあって、境内は広い。手水舎《ちょうずや》からはじまり本堂、庫裏《くり》、仏塔、僧舎など一つ一つの建造物がみな大きくできている。

「伝吉さんは、いったいどこに……？」

参拝を装い、音乃と源三が境内を探るそのころ――。


回廊で渡された、庫裏の奥深くにある大聖僧の部屋に、芝飯倉神明宮の富くじを待たずして四人の男が集まっていた。

錣頭巾《しころずきん》で顔を隠す武士と、錦の袈裟を肩からかけた僧侶二人、そして商人が一人の取り合わせであった。

廊下には二人の侍が、人が近寄るのを阻止するかのように控えている。その一人の顎には傷痕があり、もう一人は薄水色の羽織を着ている。

「突き札のからくり箱が、ようやく出来上がったとな。早く、見たいものよ」

錣頭巾が口を隠し、声がくぐもっているのは作事奉行の服部刑部である。

「間もなく、こちらに届くものと……」

齢が若い、錦の袈裟の一人が言った。副管主の芳才である。

「あとはそれを、神明宮に持ち込むだけか。手はずは上々ってところだな」

「いかにして、本物の箱と取り替えるか、まだお聞きしておりませんが」

齢がいっているほうは、この寺の管主である大聖僧の芳円であった。

「わしを誰と心得る、芳円。作事奉行であるぞ。突き札の箱が古くなったので、取り替えろと言えば、疑う者は誰もおらん」

「さすが、作事奉行服部様のご威光……」

「芳才は、手はずを知っておるな」

「はい。明日になりましたら、番号が書かれた木札が全部入れられます。その前に、一等の突き札だけからくり箱に仕込ませておきます。これからお富が、下三桁が八百九拾参番の札をもってまいります。それが、明日の一等くじ。裏富講では、誰も買った者がおりません」

「札の数がやくざじゃ、誰も買わぬだろう。抜かりがないのう、芳才」

服部の顔が、芳才に向く。

「はっ。一等くじは、最初に引かれます。それは、誰が突いたとしても八百九拾参番の札が錐《きり》の先端に刺さるだけ」

「それを突くのは、わしの役目だからな。そうでなくては、こんな策は成り立たん」

芝飯倉神明宮の富くじは、作事奉行の服部が裃《かみしも》を着て突き役に任命されている。

「さすれば、濡れ手で粟《あわ》の二万両……」

「二万両とは、豪勢になったものよ」

「服部様のお独り占めとは……」

「待て待て、勘繰るな芳才。発端は、芳才の知恵から出たもの。おぬしがいなければ、とても思いつかん策よ」

「服部様が飯倉神明宮富くじの突き役と聞きまして、こいつはいけると思いました」

「外部の者で、おぬしだけには裏富講のことを話しておいてよかった。五千両はおぬしの取り分として、心得ておるわ」

「はい。それだけいただければ……」

芳才が、腰を深く折って礼を言う。不敵な笑みを浮かべるその表情に、人格者たる面影はまったくない。

「芳円には、千両ということでどうだ」

「大聖僧の私に、たったの千両とは」

「おぬしはただ威張ってるだけで、何もせんではないか。この策略が、寺の者たちに露見せぬよう押さえているのは芳才の力ぞ。寺の借り賃として芳円には、それで充分であろう。それに芳才はわしと共にわざわざ三崎屋に赴き、あの堅物の利兵衛を説得しようと尽力した。人格者の顔でもってな」

半年ほど前のことである。正木町の三崎屋を訪れたのは、服部と副管主の芳才であった。裏富講の創立者であり世話役の一人であった利兵衛が、東本龍寺を裏富講の本拠にしていたことに難色を示していたからだ。商いは小規模ながらも、それなりの権限があった。芳才は、檀家からの布施の負担を少なくし、その穴埋めを裏富講の協力で賄うと利兵衛を説得した。しかし、利兵衛からは色よい返事は得られずその場は引き下がった。そして四半刻後、二千両をもって訪れたのが立花屋藤兵衛《とうべえ》であった。

「目の上の瘤《こぶ》とはいっても、殺すわけにはいかぬからな。断わられたときのことも考え、三崎屋を陥《おとしい》れる面倒くさい手を打ったのよ。利兵衛が難色を示していたのは、芳円、おぬしが欲深だったためだぞ」

服部の語りに返す言葉もなく、渋々ながら、大聖僧の芳円は納得をする。

「尽力した手前には、いかほどいただけますので？」

商人姿の、立花屋藤兵衛が遠慮深げに問うた。

「立花屋は、三崎屋を陥れ、その身代と利息を鱈腹《たらふく》食ったであろう。それでもまだ飽きたらんか？」

「はい。あんな小さな店《たな》をいただいたところで……」

「どこまで、欲の皮がつっ張った奴だ。おぬしを三崎屋の後釜として、世話役に推挙したのはわしだぞ。この策略が露見しないか、黙って見張っておればよいのだ」

「それは、充分承知いたしておりますが……」

「まだ、納得がいかぬようだな。わしに金を使わせ勘定奉行にでもなったら、立花屋をもちあげ、紀伊國屋文左衛門《きのくにやぶんざえもん》にも劣らぬ大商人にさせてやるわ。まあ口約束では納得せんだろうから、おぬしにも千両つかわそう」

「承知いたしました」

立花屋も利権を手にして、得心をする。

「となると、服部様は一万と三千両……ですか？」

「わしはまだ、上を目指すために金が必要なのだ。芳円、まだ何か不服があると申すか？」

「いえ、ございませんが、芳才との差があまりにも……」

「何を申されますか、大聖僧さま。盗人であったお富をこっちに引き込み、神明宮の巫女《みこ》にさせたのは、拙僧でありますぞ」

そのお富は今、芳才の伝手《つて》で巫女となって芝神明宮に忍び込み、一等とする八百九拾参の札を手に入れようとしている。逃亡の大罪人であるが、神明宮の中でそれに気づく者は誰もいない。人格者で通る芳才の頼みとあって、宮司も快くお富を巫女として引き受けたのであろう。

「その代わり、僧侶のくせしてたっぷりといい思いもしただろうに」

「それが、いかほど危ないことか、大聖僧さまも分かっておられますでしょうに」

僧侶二人のやり取りを、苦笑いしながら服部刑部が聞いている。

「逃亡人との不義が露見すれば、芳才はこれだからの」

「服部様、手刀を首にあてるのは」

「すまなかったな、芳才。それだけおぬしは、危険に身をさらしていると言いたかったのよ。命を賭してやっておるのだ。芳円も、そこのところを分かってやれ」

「はあ……」

「ところで、服部様……」

「なんだ、芳才」

「この寺のことは、誰にも露見してはおりませんでしょうな？」

「そこは、抜かりはない。東本龍寺どころか、裏富講の存在すら知られてはいない。そのために、姪《めい》の亭主で北町奉行所の与力浜岡を、手なずけておいた。以前より三崎屋の利兵衛と懇意にしていたのでな、もしやと勘繰り鼻薬を嗅がしたらこっちの味方となって動いてくれた」

「ならば、ご安心ですな」

「それどころではないぞ、芳才。浜岡は、わしらの今度の計画に加担をしてくれた。伝吉を伝馬町送りにして、火事を起こす計略は浜岡が考えたものだ。実際に火を付けたのは別の者だがな。その浜岡も用を成し終えたので、念のため家臣に命じておいた。永代橋の上から突き落としたのは、自害と見せかけるためにだ。翌朝には土左衛門となって、越前松平様の屋敷塀近くの木杭に引っかかっておったわ」

「町奉行所は、動いてはおりませんので？」

「心配することはないぞ、芳才……」

「ちょっと、待ってください服部様。何か、物音が……」

芳才の言葉に全員の口が噤《つぐ》み、耳だけが四方に動いた。

「何も聞こえないではないか」

服部が、つづけて語り出す。

「奉行所では、浜岡は自害として裁が下された。奉行所は誰も、裏富講が存在していることすら知らん。それと、伝吉と喧嘩させた竹屋一家の半七はこっちで始末した。大親分の惣五郎は、そのことを知らん。これも浜岡の吟味で、不慮の事故として処理をされたからだ。浜岡の功績は大きかったが、目の上の瘤《こぶ》でもあった」

「もし、事《こと》が済んだら拙僧らもバッサリと……」

大聖僧の芳円が、恐ろしげな顔で問うた。

「そんなことはせんから安心しろ、芳円。それこそ、寺社奉行所が黙っちゃおらんだろうからな。こっちの首すら、危うくなる」

「それをお聞きして、安堵いたしました」

服部の苦笑いが、真顔に変わる。

「この策謀が漏れそうな口は封じた。利兵衛の女房と娘は行方知れずで、姪の志保は殺り損じたが、わしらの犯行とは気づいていないであろう。これ以上手出しをすると、かえって墓穴《ぼけつ》を掘ることになる。唯一気になるのは、志保のところにいた女だ。坂巻《さかまき》の腕をもってしても、討ち取れなんだ。坂巻は帰路で女を襲ったが、悲鳴を発して逃げたという。どこの誰かは知らんが、案ずることはあるまい」

　顎傷の男の名は、坂巻という名であった。どうやら、主君の服部には虚言でもって自分のしくじりを繕《つくろ》ったようだ。

「あとは、伝吉とお富さえいなくなれば完璧となろう。あやつらも、用済みだ。お楽しみの芳才には、すまんがのう」

「いえいえ、お富に対してそんなつもりは毛頭ございません。もう一つ駄目を押しておくのが肝要かと。楽しみは、八百九拾参番が服部様の手で無事に突かれることでございます」

「左様か。それにしても、坊主にしておくにはもったいないほど悪いほうに頭が働くのう、芳才は」

「悪いほうとはよしてください、服部様。外では、人格者で通っておるのですから」

「人格者が、聞いて呆れるぞ」

　作事奉行服部刑部の高笑いが、廊下を見張る家来たちに届いた。

「今度は、どんな指図が下るんでしょうか？」

「また、人殺しか？」

顎に傷のある坂巻の、うんざりしたような口調であった。そこに、服部の呼ぶ声がする。

「おい、そこにいる二人、入って来い」

「はっ、お呼びで……」

「近う寄れ」

　手招きをして、家来たちを近づけさせる。体を前屈みにさせながら服部が小声で話すのを、耳を寄せて坂巻たちは聞いた。

「もうすぐお富が戻るだろうから、伝吉と一緒に始末しろ。芝の浜かどこかで、相対《あいたい》死《じに》に見せかければよかろう。これ以上逃げるのを悲観した、覚悟の心中と奉行所は取るだろうよ」

「かっ、かしこまりました」

　命令を受け取ると、坂巻たちは部屋を去っていった。

六

外で周囲の様子をうかがい、東本龍寺の境内に入る一人の女がいた。

縞柄の小袖を纏《まと》っているが、帯で止めていない。前を手でもって合わせているものの、はだけて中の着衣が見え隠れする。寺にはそぐわぬ、白の上衣に鮮やかな朱色の袴を穿いた姿は、神社の巫女風の装いであった。かなり、急いでいる様子である。

「あっ、あの女……」

「どうかしやして？」

本堂の脇にいた音乃が、女の姿に気づいた。

「お富……」

先だって、利兵衛の弔いのときに見かけた女と音乃は覚えている。

「あれが牢屋敷に戻らなかったお富ですかい。なんだか、変な格好をしてやすね」

「ええ、おそらくお富に間違いないでしょう。小袖を纏って隠してますが、巫女さんの恰好をしているということは、明日開催の、芝神明宮の富くじと関わりがありそうね」

「するってえと……」

「裏富講の、いかさま賭博に……あっ、近づいてくる」

本堂の大柱に身を隠し、お富の動きをずっと見やった。お富は足早に本堂を半周すると、庫裏の戸口を開けて中へと入った。

「どうします。天井裏からでも探りやすかい？」

「そうですねえ……いや、ちょっと待って。あれを見て」

ガラガラと車が牽かれる音のほうに、二人の顔が向いた。

大八車に長さ一間、横幅三尺、高さも二尺ほどある大きな箱が載っている。運んできたのは、みな羽織を着込んだ侍たちである。数えると、六人いる。

「……作事奉行服部の家来たちとしか、考えられない」

六人の侍に担がれ、大箱が庫裏の中へと運ばれていく。

「庫裏のどこかに、服部が必ずいるわ。もしや今ここに、役者がそろっているかも」

だが、庫裏の伽藍《がらん》は大きくいくつ部屋があるか分からない。天井裏を探るのはよいが、いる部屋を探すのに苦労しそうだ。

「黙って、様子を見ていましょう」

「そのほうが、懸命なようで」

源三も、得心をする。

大箱が、大聖僧の部屋の真ん中に置かれる。

「これが、からくり箱か。近くで見ると、でかいものだな」

錣頭巾からのぞく目を瞠《みは》らせて、服部がくぐもる声で言った。

「はい。中に、一万枚の木札が入りますから」

「お富、もってきたか？」

「はい、芳才さま……なんとか、盗み出すことができました」

お富が懐《ふところ》から、小さな木札を取り出した。

「でかしたな、お富」

「芳才さまのためでしたら、なんでも……」

「鶴の八百九拾参番か、いいだろう」

亀でも鯉《こい》でも松でもよいが、何しろ下三桁が八百九拾参番の木札を選んで盗んでくるのがお富の役目であった。

「それで、これをどうすればよいので？」

お富にかまわず、芳才が家来の一人に問うた。

「はっ。それは伝吉から聞いております。仕掛けは簡単ですが、作るのが難しかったと……」

「能書きはいいから、早く聞かせろ」

「はっ、殿……」

「上部に空いた突き穴に、その木札を落とします。深さ一尺ほどの四角い筒状になってますので、底に札がきちんと平らに置かれるのが肝要と」

「ただそれだけのことか？」

「はい。予めこの穴に入れておくとのことです」

「ほかの木札を入れる際、からくりが分かってしまうのでは？」

「芳才和尚、それは案ずることはありません。こちらに蓋があります」

箱の両脇が八寸ほど開くようになっている。

「一等くじとは別の木札は、ここから挿入します」

「なるほど。この蓋を開けても、仕掛けは見えませんな」

「よし、わしが試しで木札を突いてみよう。突き札の修練にもなるしな」

「いや、殿。それは叶いませぬ。あとで露見してはまずいですから、一度突くと仕掛けの筒は跡形もなく壊れるように作られてるとのこと」

「あとは、服部様の首尾に懸かってきております」

「一発勝負ということか。芳才、あまりわしに重圧をかけんでくれんかな」

「ですが、服部様。なるほどこの手しかないと、よく考えられている仕掛けでございます。伝吉という男、やはり名うての指物師でございました」

「殺すには、惜しい男よの、芳才」

「服部様、お富の前では……」

慌てて首を振る、芳才の仕草があった。

「えっ？」

錣頭巾で声音がくぐもる服部と芳才のやり取りに、驚いたのはお富であった。はっと見開いた目が、芳才に向いた。

「芳才様……」

うつむき加減で、芳才が口にする。

「お富、ご苦労であったの。伝吉と、心中してくれ」

陰《いん》にこもった口調であった。

「すまぬがそういうことだ。おまえはどの道、助からない命運なのだ。男と道連れで黄泉《よみ》へと旅立てば、寂しくなかろう。拙僧が、ねんごろに弔《とむら》って引導《いんどう》を渡してあげるから成仏なされ」

芳才に突き放され、お富はすべての企みを知った。

「あたしを最初から騙し……ちくしょう、芳才」

お富の、恨む目つきに芳才は顔を背《そむ》けた。

「おい、お富を連れていけ。あとの始末は、坂巻に任せたぞ。手はずは分かっとるな」

「はっ、殿……」

抗《あらが》って暴れるお富の腹に当て身を突き、気を失ったところを二人で両腕を抱え、引きずるように部屋を出ていく。そのあとに、坂巻たち六人の家臣がついた。

「神明宮の宮司《ぐうじ》には、今夜のうちに話しておく。明日の朝にでもこの箱を運べばよかろう」

これで裏富講の当たりくじはこっちのものと、四人のほくそ笑む顔があった。

お富が二人の侍に両脇を抱えられ、庫裏から出てきた。当て身を食らい、ぐったりしている。

「これ女、しっかりいたせ」

寺の者など、誰が見ているか分からない。介抱《かいほう》する素振りでお富を抱えている。

「あの巫女、どうやら捕まってやずぜ」

「そのよう……」

源三と音乃の目は誤魔化せない。

うしろには、六人の侍がぞろぞろとついている。そのうちの一人に、音乃の視線が向いた。

「やっぱりあいつ、生きていた」

「亀島橋の近くで、音乃さんを襲ったって奴ですかい」

「ええ。あの、顎に傷のある男」

「どこに、巫女を連れていくんでしょうかね？」

「もしかしたら、伝吉さんの……あとを、尾《つ》けましょ」

場合によっては、八人の侍を相手にしなくてはならない。町人娘に扮した音乃は、得物をもたずに来た。源三の懐に、匕首はない。刀を腰に差す侍八人を素手で相手にするのは、さすがに困難である。しかし、そんなことは言ってられないと、侍たちのあとを追った。

墓場に沿って広い境内をほぼ半周すると、鬱蒼《うっそう》とする木立の一角があった。奥に通じる細道がある。侍たちは木立の中に足を踏み入れ、音乃たちも十五間ほど離れて追った。

つき当たりに、堂舎《どうしゃ》と思《おぼ》しき古い建物があった。正面には三段の階段があり、高床式になっている。外壁など、ところどころ朽ちる個所があり手入れはなされていない。なんのためにあるのか分からない、小さなお堂であった。

お富を引っ張り上げるように階段を上り、堂舎の中に全員が入ると、観音開きの格子戸が閉められた。伝吉が、ここに捕らえられていることは、容易に知れる。

「このままでは、伝吉さんとお富さんの命が危ない」

だが、音乃はすぐに踏み込むかどうかを迷った。

「……どうしようかしら」

狭い堂舎の中で、八人の段平《だんびら》と素手で戦える自信はさすが音乃にもない。

「でも、迷っている暇はない」

「ここは、一か八《ばち》か戸を蹴破りやすかい」

「源三さんに、お覚悟が……？」

「命なんてもんは、とっくの昔にねえものと思ってやすぜ」

覚悟を決めて乗り込もうと、二人が動き出そうとしたところで、心の臓が飛び出すほどの衝撃があった。

「待ちな！」

いきなり背後から、声をかけた男がいたからだ。

「こんなところで命を捨てようなんて、つまらないことを考えるのでない」

「お義父《とう》さま……？」

振り向くと、丈一郎が立っている。

「おまえらも、やはりここに来たか」

「やはり来たかと……ならばお義父さまは……？」

「ああ、最前からずっとこの寺にいた。二人が来たのに気づき、声をかけようと思ったがそれをしなんだのは、おまえたちがあっちこっち探り回っていたからだ。三人して動いても仕方あるまい」

「なぜに、お義父さまも……いえ、訊くのはあと。お義父さま、脇差を貸してください」

「あっしには、十手《じって》を……」

「いや、待て。奴らは、すぐには伝吉とお富は殺さん。それと相手は、十人いるぞ」

「えっ、八人ではねえんで？」

「伝吉の見張りにも、二人残っているわ。十人相手に脇差と十手では、いくらおまえたちでも無理があろう。狭い堂の中で、どうやって闘う。今も言ったが、すぐに二人は殺されはせん」

「どうして？」

「ここは由緒ある寺だぞ。境内で、殺しはしないだろう。殺《ゃ》るなら、別の場所だ」

「そんな面倒臭いことをしなくても、墓穴を掘って埋めちまえば……」

「その穴を、誰が掘るというのだ。まさか、寺男に掘らせることもできんだろうし、侍たち自らの手で掘るわけにもいかんだろ。大聖僧と副管主以外、この寺にいる者は誰も計略を知らんのだ。侍たちがうろちょろしていても、気に止める者はこの寺にはいない。そんなところで、侍たちが墓穴でも掘ってたら……」

「おかしいと、誰しも思うでしょうな」

「そんなんで源三、あ奴らが動き出すのは日が暮れてからだ。まずは、伝吉とお富の口を封じ、神明宮にからくり箱を運ぶのは明朝だ」

「お義父さまは、どうしてそこまでご存じなので？」

「それは、今に分かる」

丈一郎は不敵な笑みを浮かべた。

「ところで、わしがここに来たのは、伝吉に会いにだ」

「お義父さまは、伝吉がこの寺にいることをご存じでしたので？」

「それを言ったのは、音乃だぞ。まあ、そんなんで来てみたが本当にいるようだ。まだ姿を見ておらんが、あの堂の中に閉じ込められて仕事をさせられていたのだろう。さっき、でかい箱を見ただろ」

「はい」

「あれは、伝吉が作ったものだ」

「そのようでございます」

「伝吉に訊きたいことがあったが、あの取り巻きでは手出しができん」

「何を訊こうと？」

「伝吉は、浜岡様ともつながっていたのだ。その経緯を、伝吉の口から聞きたかったのだ」

「どこでつながりがございますと……？」

「伝馬町牢屋敷の、火事の一件だ。音乃が出かけたあと梶村様の使いが来てな」

「奉行所に行かれたのですか？」

「いや、話があると言って梶村様は役宅に戻っていた。そこで聞かされた話なのだが、梶村様直々の取り調べで、牢に火を付けた者が分かったというのだ。そして、指図した者もな」

「なんですって？」

「いや、実際には火など付けてはいなかった。湿った藁《わら》を燃やせば、炎の代りに煙が充満する」

もくもくとたち込める煙に、牢内は騒然となった。命乞いをする囚人たちの騒ぎが牢舎内に轟きわたり、三日切り放しの処置が取られた。

「たしかお調べでは、壁に掛かる蠟燭台の火が煽《あお》られ壁に燃え移り、牢屋の一部を燃やして鎮火したとお聞きしましたが……」

「調べに当たったのは、北町奉行所配属の牢屋見廻り同心土橋《どばし》茂七郎《もしちろう》であった」

「もしや、その土橋様というお方が……？」

「ああ。自分で藁を燃やし、自分で調べたのだから、いかようにも調書《しらべがき》には書ける。そこに吟味与力浜岡様の認めでも記されていたら、一件の落着だ」

「となりますと、まさか浜岡様が指図したと？」

「土橋茂七郎が、そう白状したとのことだ」

「まさか……」

音乃はにわかには信じられなかった。奉行榊原の命《めい》で、浜岡は単独で探っていたのではなかったのか。

——浜岡様は、相手の手先であった。

音乃の心は、破裂するほどに動転した。

「だとすると、お奉行様のご下命ではないことに。それと、利兵衛さんからの書状の内容って……？」

頭の中が、真っ逆さまに回転する。

「案ずるな、音乃。今しがた、牢屋に火を付けたのではなく、煙を充満させたと言っただろ。ということは、本気で火事など起こしはせん。浜岡様は、奉行所を寝返った振りをして、敵の懐に飛び込んだのだ。その際、土橋茂七郎だけに手はずを打ち明けた。何があろうが、絶対に内密ということでな。だから、浜岡様が殺されたときも土橋は騒がなかったのだ」

「左様でございましたか」

ほっと安堵する、音乃の声音であった。

「勧進元である尾張徳川家に累《るい》がおよぶことなく……」

「幕府を揺るがすというのは、やはり尾張様が絡んでおりましたので？」

音乃は、竹屋の大親分惣五郎の口から出た呟きを思い出していた。

「ああ、そういうことだ。幕府に知れることなく裏富講を解体させるには、どうしたらよいかと奉行の榊原様は考えた。ならば巨額を手に入れようと、必ず不正を働く輩《やから》が出てくると読んだ。まさしく、この寺にいる一派がその貉たちだ。浜岡様は、大牢からの罪人切り放しという荒業を使って、確たる証拠をつかもうとしたのだな。そんなわけで、大牢火事の件は、浜岡様が書いた筋書きだったのだ」

「浜岡様を亡き者にしたのは、企てが露見したからでしょうか？　ですが、それですと何かおかしい」

「おかしいとは……？」

「だとしたら、浜岡様の計略と分かっているとして、なぜに今も実行し続けているのでしょう？　本来相手の策略だと知れば、途中で企ては撤収させるはずですが……」

となると、浜岡が殺された理由は別にある。

「しかも、貉たちは町奉行所のことを気にしている様子もないですし……なんで？」

疑問が音乃の脳裏を駆け巡った。口をへの字に曲げて、首を傾げたそのとき――。

「そのお方は、用なしとなって永代橋の上から突き落とされたらしいです」

「えっ？」

いきなり背中から声がかかり、音乃は驚く形相で振り向いた。

「珍念さん……」

「あっ、あなたは利兵衛さんの埋葬のとき……」

弔い以来の、再会であった。

「浜岡様は、探りを露見されたのではなく、口封じのために殺されたのだ。伝吉とお富の身を手中に取れば、もう用はなくなったということだな」

丈一郎が、二人の間に口を挟んだ。

「相手は用なしとなれば、殺して口を封じる。伝吉もお富も、これからその憂き目を見るところだ」

「お義父さまは、なぜにそこまでご存じで……?」

「わしがいろいろと知っているのは、珍念から話を聞いたからだ」

「先ほど、今に分かるとおっしゃったのは?」

「ああ、このことだ」

あのとき浮かべた、丈一郎の不敵な表情を音乃は思い出した。

七

珍念が、涙ながらに語り出す。

「副管主の芳才様が、あんなに悪いお方とは知りませんでした。尊敬しておりましたのに」

芳才に裏切られたとの思いが、珍念の心を嘆かせる。

「珍念さんは、どうして芳才様がと?」

「芳才様と、お富という女が一緒にいるところを見てしまったのです。ああ、語るのも恥ずかしい……」

「二人に、何があったのです?」

「口と口を合わせるのを、なんと言うのですか?」

珍念の問いに、みな口を噤《つぐ》む。

「それは分かりましたが、そのあとどうなされました?」

「口と口のあとですか?　着物を脱いで裸に……」

「いえ、そうではなく!」

「音乃、声がでかいぞ」

「ごめんなさい。そのあと珍念さんが、どうしていろいろと知ったかです」

「なんですか、芳才様の様子がおかしく探っていたのです。そうしましたら、お偉いお武家様やら大聖僧様らと何やら秘密めいたことを。あのお堂では職人さんが何か作っているではございませんか……」

珍念の口からお咲たちの居どころが知れたのではないのは、これで分かった。しかも、重要な生き証人である。

「それで、どうされました？」

音乃の問いに、珍念の語りがつづく。

「大聖僧様の部屋には、大きな掛け軸がかかっています。そのうしろは仕掛けの扉となって、裏庭に通じる抜け穴があります。そこに隠れていて、大聖僧様がたの企《たくら》みをみな聞いてしまいました。頭巾を被った偉そうなお侍と、額がやけに光った商人が集まって、二万両がどうのこうのと。浜岡という名の人を永代橋から突き落としたと聞いて、私は怖くなって裏庭に飛び出しました」

珍念が去るときの物音を、芳才は耳にしたのである。

「裏庭で、わしと出くわしたってことだ。端《はな》は、珍念もわしを怖がっていたが、十手を見せると味方となってくれた。そんなんで、役者はみんな大聖僧の部屋にそろっている。もう、明日までなど待ってはおれん。今日のうちに片をつける」

「あのからくり箱を、芝飯倉神明宮へは運ばせはしません」

「悪党の末路がどうなるか、思い知らせてやる」

源三も、荒い息を吐いて息巻いた。

「伝吉さんとお富さんを、早く助けませんと……」

「慌てるな、音乃。小堂にいる相手は十人だ。いくら音乃と源三でも脇差と十手だけでは何もできんと、さっきも言っただろう」

「そうでした。ところで珍念さん、あのお堂はなんのために建っているのです」

「ずっと昔は、僧侶の断食修行のために使っておられたとのことです。観音扉が封印され、七夜八日の荒行《あらぎょう》に入るのですがほとんどのお坊さんは耐えきれず、封印を破って出てきてしまうらしいです。そんなんで、今は使われずにただ建っているだけです。そういった修行は高野山《こうやさん》とか、越前永平寺《えちぜんえいへいじ》の山中でやるのがお似合いだと思いますが……」

珍念の話をみなまで聞かず、音乃の思案顔であった。

「さて、何かよい手立てが……」

考える音乃の視線が、珍念に向いた。

――うん、これなら。

良策が閃いたか、パチンと片方の掌を拳で叩いた。

「いいことを、思いつきました。五人ずつなら、なんとかなると。ここは、珍念さんのお力を借りて……」

四人の頭が、くっつき合った。


堂舎の戸口に立って、珍念が扉を叩く。蝶番《ちょうつがい》の軋《きし》む音が、小堂の古さを感じさせた。

「どうした？　小坊主ではないか」

「はい。お殿様が、五人ほど来てくれとおっしゃってまして……」

「分かった。今すぐ行くと伝えておいてくれ」

三人が木立の外で、待ち受ける。境内でもそこは外れで、他人《ひと》の目はない。大いに剣の腕が振るえるところだ。

やがて服部の家来五人が、木立の細道から出てきた。そこに、三人が横並びに立ち塞がる。

「誰だ、おまえたちは？　町方の手の者か！」

源三のもつ十手を目にし、言うと同時に鞘音が鳴り、五人が一斉に刀を抜いた。

音乃は脇差、丈一郎は大刀、そして源三は朱房の垂れた十手を向けた。

「殺すでないぞ音乃、ここは寺社内だ。殺生は、禁物」

「心得ております、お義父……おっと」

言ってる傍から、音乃に向けて侍が斬りかかってきた。小太刀の技にも精通する音乃は、その一閃を既《すん》で躱《かわ》し、柄頭《つかがしら》でもって相手の横腹を突いた。ゲホッとあいきみたいなものを吐いて跪《ひざまず》く。倒れたところを源三が、十手の心棒で肩をぶち抜き相手は四人となった。

恐れをなしたか、四人が小堂に向かって引き返そうとするのを、丈一郎が正眼の構えで立ち塞がった。物打ちを上に向け、棟《むね》で打つ構えを見せる。背後には、音乃と源三。四人は挟まれる形となった。さっさと片づけようと、丈一郎は、打って出ることにした。

鬼同心として鳴らした丈一郎の剣の腕に、太平の世で育った鈍《なま》ら刀では到底太刀打ちできない。丈一郎はたったの二振りで、相手の肩口と胴を払った。さらに二人が、地面に倒れて悶絶している。

「小癪《こしゃく》な娘！」

音乃に向けて、上段から刀を振り下ろした侍がいた。音乃は、脇差の棟で物打ちを払うと隙のできた腹に、肘打《ひじう》ちを当てた。剣術と柔術の合わせ技で、一人が地べたに這いつくばった。

「そうは、させねえぜ」

庫裏に向かって逃げようとした男に、源三は足払いをくれる。勢い余って転がる侍の背中に、源三は容赦なく十手を打ち据えた。

しばらくは、誰も立ち上がることができないほどの打撃を与えている。

その間大きな物音といえば、音乃が棟で打ち払った剣音一つである。相手は大声を出す間もないほど、あっという間の出来事であった。

「凄い腕ですね」

珍念が、驚く様子で一部始終を目にしていた。

夕《ゆう》七ツの鐘が鳴って久しい。日も西にだいぶ傾いてきている。

あとは、小堂に残る五人である。

「珍念さん、もう五人……」

お代わりの、茶碗を差し出すような口調で音乃が言った。だが、その必要はなかった。珍念は動くでなく、細道の奥一点を見やっている。

「どうやら、向こうのほうからやって来ましたよ」

異変に気づいたか、残りの五人が速足で向かってくる。

五人が折り重なって倒れている。五人はそろって目尻を吊り上げ、驚愕の形相である。

「おい、どうした？」

倒れている仲間に声をかけたのは、顎に傷をもつ男であった。

「またお会いしましたね」

物陰から出ると、音乃が坂巻に向けて声をかけた。

「あっ、おまえは……」

坂巻の、驚愕の顔が向く。編み笠のない顔は、意外に齢がいっている。四十歳前後になるだろうか、十人の中では一番の年上に見えた。服部の家来たちの中で、首謀者たる役回りであるようだ。

「覚えていていただけましたかね」

音乃の口調が、また違ってきている。へりくだると思わせるも、口調に厳しさが宿る。

「先だっては、武家女の格好をしていたが、今日は町娘か。やはり、ただの貉ではなかったな」

「貉とは、失礼な。貉は、あんたがたでしょ」

音乃と坂巻の、口争いがしばらくつづく。

「あのときは、女と思って甘く見ていた。やはり、本気で討ち取っておけばよかった」

「あの暗い夜は、お世話になりましたものね。舌を嚙んで死んだと、あたしはてっきり思ってましたよ」

「誰が舌など嚙むものか。ただ、あばら骨がやたらと痛かっただけだ」

「活《かつ》の入れ方が悪かったようです。そいつは、申しわけございませんでしたわね。でも、今日はもっと痛い目に遭っていただきますわ。浜岡様を永代橋から突き落としたってことでね」

「なんだと!?」

眼窩に窪んだ目を見開き、驚く形相は身に覚えがあるものと音乃は取った。

「鎌をかけてみましたが、どうやら図星のようですね。その驚く表情に『――こいつはまずい』と書いてありますわ」

「何を言ってる。突き落としたのは、拙者ではない。そこにいる、高木《たかぎ》だ」

薄青色の羽織を着た侍を、坂巻は指した。高木と呼ばれた男が、うろたえた顔をしている。

「……坂巻さん」

そいつはないだろうと、高木の訴える表情が音乃にも見て取れた。青物町の長次郎店に出向き、お咲たち母娘を襲おうとしたのはこの二人であったと知れる。

「ならば、竹屋一家の半七さんも竪川で……。自害や事故死に見せかけようとして、刀は使わず川に突き落とした」

ここで音乃に気づくことがあった。浜岡の遺体の肩口にあった打撲のような痕は、水面に落ちたときの衝撃によるものであったと。

浜岡と半七殺しが、作事奉行服部刑部の、家来の仕業《しわざ》と明らかとなった。

「そこまで知られてたら仕方ないな。だが、それも高木が手を下した」

「お仲間のことを平気で言いふらすのですか、卑怯《ひきよう》なお方。作事方のお奉行様は、こんなお侍さんたちしか雇えないのですね」

武士の魂はどこにいったと、黄八丈を着込んだ町娘の姿で音乃は嘆いた。

「あなただけは、絶対に許せません。あたしが、相手になります」

一対一の勝負と、音乃が脇差の鋒《きっさき》を坂巻の鼻面に向けた。闇夜以来の、対峙となった。

坂巻は黙って鯉口《こいぐち》を切り、鞘から刀を抜くと鋒を地面に向けた。脇構えの態勢である。

「先だっては闇夜で不覚を取ったが、今日はそうはいかん」

十人の中では、やはり一番の手練《てだれ》であった。刀の長さの分、音乃が若干不利なようだ。半身の構えでジリジリと、坂巻の間合いが迫ってくる。脇構えは、剣先を相手の視野から逸らし、一気に撥ね上げる攻撃の構えである。

――あと半歩前に出てきたら、斬り込んでくる。

音乃は下がるか、攻撃を受け止めるかを迷った。

「ん……」

音乃は気づくことがあり、ここは一歩下がって間合いを取った。

脇構えだと相手は警戒すると、坂巻は刀を上段に構え直した。

西日が刃縁に反射し、一筋の光線が音乃の目に入った。眩《まぶ》しさに堪らず、音乃の目が一瞬閉じたのを坂巻がとらえた。

「たぁー」

掛け声と共に坂巻は一歩繰り出すと、大上段から刀を振り下ろした。しかし、音乃の体はそこにはない。いや、あったのだが坂巻には見えなかった。音乃の真後ろから当たっていた、西日がもろに坂巻の眼中に飛び込んだからだ。

相手の懐に潜るように姿勢を低くし、音乃は一閃を躱す。

隙は、坂巻にできた。

坂巻の目が一瞬閉じたのを見逃さず、音乃は脇差の棟で胴を強打した。

肝の臓が壊れたような鈍い音を発し、激痛に堪らず坂巻は地面に両膝をつき、そのまま崩れ落ちた。

すでに三人が、丈一郎と源三の手に落ち、地べたに這いつくばっている。

一人だけ、この場では痛い思いをせずにすんだ者がいる。薄青色の羽織の高木には、やってもらいたいことがある。

「庫裏に行って、作事奉行の服部様をここまで連れてきてほしいの、こう言って……」

音乃が高木に、手はずを指図した。

「ああ、分かった」

「逃げても、無駄ですからね。そうそう、お坊さんと立花屋さんは、呼ばなくてもいいわ」

庫裏に向かって、高木が走り出す。そのまま庫裏に上がると、大聖僧の部屋へと駆け込んでいった。

「とっ、殿……」

「なんだ、騒々しい。そろそろ、神明宮に行かねばならんのに」

「それが……ご無礼」

高木が服部の耳に口を近づけ、一言二言告げる。

「なんだと！　目付配下の者を捕らえただと。よし、すぐに行く」

言うと同時に、白柄《しらづか》の大刀を手にして服部が立ち上がった。

「いかがなされました？」

「すぐ戻る。そなたたちは、ここにいてくれ」

服部が先に発ち、高木があとを追った。逃げたり、注進におよんでも無駄であると、高木には因果を含ませてある。

寺の境内を半周したところに、家来たちが地面に倒れて蠢《うごめ》いているのを、服部は遠目から気づいた。

鎹頭巾をかなぐり捨てて、服部が駆け寄ってくる。家来九人の、無残な姿に服部の表情が瞬《また》く間に戦慄《わなな》いた。

「高木、これはいったいどういうことだ？」

「はあ……」

高木が、答にならぬ息を漏らした。

「目付配下など、おらんではないか。わしを謀《たばか》ったか」

そこに——。

「お目付の代わりなら、おります」

木陰に隠れながら、音乃が声をかけた。姿はまだ現さない。

「女の声だな。顔を見せろ」

「お奉行様がなされていることは、あまり公《おおやけ》にはできませんわね。口封じのために次々と人を殺《あや》めるとは、幕府のお偉方としてあるまじき悪行と存じます」

「何が言いたい。隠れてないで、出てこい！」

いきり立つ服部の怒声が、静寂な境内に響き渡る。

「おまけに、濡れ手で粟《あわ》の二万両をせしめようなんて……」

言いながら、音乃が服部の前に姿を現した。

「なんだ、町人の娘ではないか」

「町人の娘では、ございません」

音乃が大きく頭を振って、服部の言葉を打ち消す。

「あたしは、閻魔の女房。地獄にいる旦那さまのもとに、悪人どもを送り込むのが役目です」

相手が幕府の大物だろうが、音乃に怯みはまったくない。

「何を、世迷いごとを言っておる」

「世迷いごとではありません。往生際《おうじょうぎわ》が悪ければ、容赦なくこの場で斬り捨てます。さすれば、八大無間地獄《はちだいむげんじごく》に落ちるだけ。自らお命を絶つ気構えがございますれば、多少は閻魔様のお目こぼしもあるでしょう。どちらがよろしいか、とくとお考えなされ」

「何を、小癪《こしゃく》……」

とまで言って、口が途絶える。

家来たちの、呻き声が服部刑部の耳に入ったからだ。ここでは誰も服部の言うことを聞ける者などいない。唯一、まともな体の高木は音乃たちの腕を目《ま》の当たりにしている。腰が引けて、とても服部の警護などできるのではない。

それでも女一人相手と、服部は自ら白柄の大刀を抜いた。さすが、大身の旗本である。銘は分からぬが、大層上等な腰物に見える。

錣頭巾が取れているので、面相が知れる。四十代も半ばの、両頰が垂れ、見るからに権力に阿《おもね》る面構えをしている。

自らは手を下さず、悪事はみな家来に教唆《きょうさ》してきた男である。音乃の剣に、太刀打ちできるはずもない。それでも、武士《もののふ》として一分の心意気があるか正眼に構えるも、音乃はその実力を見切っていた。

――志保さまの意趣を晴らさねば。

音乃は小太刀の棟を返し、真剣で打つ構えを取った。

「ご切腹がお嫌なら、今すぐ閻魔様のところにお送りいたします。お覚悟！」

雄叫《おたけ》びを発すると同時に黄八丈の裾を翻《ひるがえ》し、音乃は右手に脇差を翳《かざ》して斬り込んでいった。

正眼に構える服部の刀の鋒に、震えが帯びている。音乃はかまわず相手の刀を打ち払うと、返す二の太刀を一閃横に払おうとしたが既《すん》で止めた。

胴を取る前に、服部の膝が折れ両膝が地べたに崩れていたからだ。

無抵抗な者は斬れずと、音乃は脇差を下に向けた。そこに、丈一郎と源三が木立の中から姿を現した。うしろに伝吉とお富、そして二人を小堂から連れだした珍念が横並びで立っている。

「作事奉行の、服部刑部様でござりますな？」

丈一郎が、服部の頭上に声をかけたが、そっぽを向いて、問いには固く口を閉ざしたままである。

「お答えいただけなくても、結構。ここにいる、伝吉とお富が生き証人。先ほど伝吉を問い立て、確たる証しをつかむことができました。すべての企みは、露見しておりますぞ。潔《いさぎよ》く、お覚悟なされたほうがご賢明かと」

丈一郎も、暗に切腹を促す。そこにはおいそれと、目付役には引き渡せない理由《わけ》があった。

幕府の要職に就くものが、天下のご法度である博奕に、あろうことか手目賭博を仕組んだ。作事奉行は、老中直属の配下である。監督不行き届きで、老中に難がおよぶこと必至。先刻梶村から、くれぐれもと念を押されたところであった。

もう服部刑部に、抗う力は残っていない。跪《ひざまず》く背中に夕日が当たり、金糸銀糸で織られた錦の羽織が赤く染まって鮮やかな光沢を放つ。

「……表だけ着飾っても、大事なのは中身」

音乃の呟きが聞こえたかどうか、服部の肩がガクリと落ちた。

「裏富講のことは、すべて町奉行には筒抜けであった」

地べたでうな垂れる服部の頭上に、丈一郎が、伝吉から聞きおよんだことを浴びせる。

「吟味与力浜岡様に、密かに訴えをかけたのは三崎屋利兵衛。いかにして、裏富講を潰すか利兵衛さんは考えに考え抜いた挙句、相談をかけたのだ。だが、正義のためではない。裏富講でこしらえた立花屋からの借金を、どうやって帳消しにできるかだ」

浜岡が単独で探りを入れるようになったのは、丈一郎が言ったとおりであった。まったく裏富講に関わりのない事件で、浜岡と利兵衛は接触があった。このお方に頼る以外にないと、利兵衛は禁断の口を開いたのであった。浜岡は奉行榊原に進言し。その後は二人だけの秘密として事《こと》が運ばれる。

浜岡は伝吉を使い、大掛かりな仕掛けを考えた。一月《ひとつき》以上前、伝吉を訪ねた浪人風の侍は、やはり浜岡であった。そのとき伝吉に、富くじ箱の話をもちかけたのである。

「浜岡様は、裏富講を調べていくうちに、服部様がいかさま博奕を仕掛けることを知った。裏富講を潰すには千載一遇《せんざいいちぐう》の機ととらえ、いっとき奉行所を裏切ることにした。伝馬町の牢屋に火を放つと言って近づき、策を授けた。そんなこととも知らずに、服部様は浜岡様の手はずに乗った。裏富講の真相よりも、浜岡様は、服部様の不正を見抜いていたということだ。講の集いは、この東本龍寺で開かれていたが、大聖僧を巻き込み世話役である立花屋藤兵衛までも引き込んだのは、もう明白だ。本来ならお目付に引き渡してやりたいところだが、残念ながら表沙汰にもできないのでな……」

地べたに手をつき頭の上がらぬ服部は、決めかねているようだ、目付の手で捕らえられるのがよいか、腹を切るかで。苦渋の声を漏らす服部に、大身旗本の面影はすっかりと消え去っている。その様子に、丈一郎はもう語るものはないと踏んだ。

手柄を挙げるのが、音乃と丈一郎の仕事ではない。服部と、その家来たちを縛ることができないのはもどかしいと思えど、自分たちの身分を隠すためには仕方がない。だが、どこに逃げても幕府の手が追い詰めるだろう。いずれにせよ、悲惨な結末が待っているのだ。

「音乃、わしらの仕事はここまでだ」

引き上げようと、丈一郎が踵《きびす》を返した。

「逃げても結構ですけど、地獄の閻魔様がどこまでも追いかけますわよ」

服部に因果を含ませ、音乃はその場を締めた。

高僧二人のことは、寺社奉行が沙汰を下すであろう。立花屋の処置は、奉行所に任す。

裏富講を表沙汰にせずに、御三家である尾張様の名を隠すためには、この手はずしかなかった。

伝吉とお富を連れて、一行は東本龍寺の境内をあとにした。

近在の自身番に、伝吉とお富を自首させ、あとは北町奉行所に沙汰を委ねることにした。

音乃には一つだけ、腑に落ちないことがあった。

「なぜに浜岡様は、利兵衛さんからの書状を読んで気落ちしたのでございましょう。そのときの一言『――お奉行に申しわけない』とは、どんな意味をもつのでございましょうか？」

と、丈一郎に訊ねた。

「利兵衛さんから来た書状の内容は、燃えてしまって分からんが、おそらく注意を促すものであったのだろうよ。だが、浜岡様は違うように取った。一味を捕えようとした計略が、逆に相手に露見して水泡に帰したとでも思い、悲観をしたのであろう。二人とも死んでしまった今では、なんとも知れんがそれ以外に考えられぬ」

高木と坂巻は服部の命《めい》で、用済みとなった浜岡を仕留めようと機会をうかがっていた。与力を斬殺すれば北町から南町、奉行所をすべて敵に回す。事故か自害に見せかけるには、溺死させるのが最善の策と踏んだ。浜岡を深川に誘い酒を勧めた。普段は下戸《げこ》の浜岡であったが、そのときは二合ほどを呑んで酔いが回った。その帰路のことであった。

「ずいぶんと弱い酒で、坂巻と高木の介抱で永代橋に差し掛かった。橋の中ほどまで来たところで、浜岡様を大川に投げ落とすのは雑作がなかったと、高木は言っておったからな。そんな隙を相手に見せたのが、浜岡様の最大の落ち度だった」

坂巻と、二人がかりだったと聞いて、音乃の整った顔が苦渋に崩れた。

――卑怯にもほどがある。

もう一度戻って、叩いてやりたいと思ったが間もなく亡くなる命である。たとえ逃げたとしても、閻魔様がどこまでも追いかける。真之介の出番だと、音乃は歩みを先に進めた。

「もう少しのところで、浜岡様は手柄を立てるどころか、逆に命を落としてしまったのですね。悔やんでも悔やみきれぬ怨嗟の念が、自らの遺骸を海に流すことなく川の淵に立つ木杭に引っかけ、他人《ひと》の目に触れさせようとしたのかも……」

「音乃の言うとおりだろうな。そうでもなければ、大川の端っこにある杭なんかに引っかかってはおらんだろうから」

利兵衛が浜岡に宛てた書状の件は、はっきりとした真相が分からぬものの、音乃と丈一郎はそんな結論でよいと得心をしていた。


その日の夜、音乃と丈一郎は梶村の役宅に赴《おもむ》き、事の成り行きをすべて語った。

「ご苦労であった」

梶村の労《ねぎら》いは、その一言であった。

「あとの処理は、こちらに任せてくれ」

「もとより、そのつもりでございます」

北町奉行榊原忠之からの密命は、これで解かれた。

翌日の昼間、芝神明宮の境内で富くじの抽籤があった。

「当たりますように」

一心不乱に祈るも、一等の『鶴の八百九拾参』の木札はお富の手により抜かれてある。そうとも知らず、音乃は結果を心待ちにしていた。

「……やっぱり、外れたか」

抽籤の結果をのちほど知って、失望ともつかぬため息が音乃の口から漏れた。

数日のち、梶村から事後の経過が告げられた。

服部刑部は、屋敷で切腹。家臣の坂巻と高木は、追い腹を切ったとのことだ。

東本龍寺の芳円と芳才は、曹厳宗の総本山に戻され最下層の僧侶となって修行のやり直しをさせられるとのこと。

立花屋藤兵衛は、全財産没収の上で死罪となった。正木町の油屋は、お高とお咲のもとには戻らず、幕府の預かりとなった。

伝吉とお富は、音乃の嘆願が効いてか、江戸府外十里のところ払いとなって、一件落着となった。

裏富講が集めた二万両の金は幕府がすべて没収し、尾張徳川家の名が表に出ることはなかった。

「――今度の裏富講は、幕府が大当たりを引いたようなものだな」

千代田城二の丸、老中の御用部屋から高笑いが聞こえてきた。

——一番の貉は、このお方であったようだ。

老中に事の経緯を語った榊原忠之は、ふとそう思った。

時代小説

二見時代小説文庫

目眩《めくら》み万両《まんりょう》　北町影同心《きたまちかげどうしん》 4

著者　沖田正午《おきだしょうご》

発行所　株式会社 二見書房
東京都千代田区三崎町二－一八－一一
電話　〇三－三五一五－二三一一［営業］
　　　〇三－三五一五－二三一三［編集］
振替　〇〇一七〇－四－二六三九

印刷　株式会社 堀内印刷所
製本　株式会社 村上製本所

 ISBN978－4－576－16203－4
http://www.futami.co.jp/

閻魔の女房　北町影同心1

沖田正午［著］

巽真之介は北町奉行所で「閻魔の使い」とも呼ばれる凄腕同心。その女房の音乃は、北町奉行を唸らせ夫も驚くほどの機知にも優れた剣の達人！　新シリーズ第1弾！

過去からの密命　北町影同心2

沖田正午［著］

音乃は亡き夫・巽真之介の父である元臨時廻り同心の丈一郎とともに、奉行直々の影同心として働くことになった。嫁と義父が十二年前の事件の闇を抉り出す！

挑まれた戦い　北町影同心3

沖田正午［著］

音乃の実父義兵衛が賂《まいない》の罪で捕らえられてしまう。無実の証を探し始めた音乃と義父丈一郎だが、義父もあらぬ疑いで…。絶体絶命の音乃は、二人の父を救えるのか!?

べらんめえ大名　殿さま商売人1

沖田正午［著］

父親の跡を継ぎ藩主になった小久保忠介。財政危機を乗り越えようと自らも野良着になって働くが、野分で未曾有の窮地に。元遊び人藩主がとった起死回生の秘策とは？

ぶっとび大名　殿さま商売人2

沖田正午［著］

下野《しもつけ》三万石鳥山藩の台所事情は相変わらず火の車。藩主の小久保忠介は挫けず新しい儲け商売を考える。幕府の横槍にもめげず、彼らが放つ奇想天外な商売とは!?

運気をつかめ！　殿さま商売人3

沖田正午［著］

暴れ川の護岸費用捻出に胸を痛め、新しい商いを模索する鳥山藩藩主の小久保忠介。元締め商売の風評危機、さらに鳥山藩潰しの卑劣な策略を打ち破れるのか！

悲願の大勝負　殿さま商売人4
沖田正午［著］

降って湧いたような大儲け話！　だが裏に幕府老中までが絡むというその大風呂敷に忠介は疑念を抱く。東北の貧乏藩を巻き込み、殿さま商売人忠介の啖呵が冴える！

陰《かげ》聞《き》き屋 十兵衛
沖田正午［著］

江戸に出た忍《しのび》四人衆、人の悩みや苦しみを陰で聞いて助けます。亡き藩主の遺恨を晴らすため、萬ず揉め事相談を始めた十兵衛たちの初仕事はいかに!?　新シリーズ

刺客 請け負います　陰聞き屋 十兵衛2
沖田正午［著］

藩主の仇の動きを探るうち、敵の懐に入ることになった陰聞き屋の仲間たち。今度は仇のための刺客や用心棒まで頼まれることに…。十兵衛がとった奇策とは!?

往生しなはれ　陰聞き屋 十兵衛3
沖田正午［著］

悩み相談を請け負う「陰聞き屋」なる隠れ蓑のもと、仇討ちの機会を狙う十兵衛と三人の仲間たち。今度こそはと敵に仕掛ける奇想天外な作戦とは!?　ユーモアシリーズ！

秘密にしてたもれ　陰聞き屋 十兵衛4
沖田正午［著］

仇の大名の奥方様からの陰依頼。飛んで火に入るなんとやらで絶好の仇討ちの機会に、気持ちも新たに悲願達成を目論むが。十兵衛たちの仇討ちユーモアシリーズ第4弾！

そいつは困った　陰聞き屋 十兵衛5
沖田正午［著］

押田藩へ小さな葛籠を運ぶ仕事を頼まれた十兵衛。簡単な仕事と高をくくる十兵衛だったが、葛籠を盗まれてしまう。幕府隠密を巻き込んでの大騒動を解決できるか!?

一万石の賭け　将棋士お香 事件帖

沖田正午［著］

水戸成圀は黄門様の曾孫。御侠《おきゃん》で伝法なお香と出会い退屈な隠居生活が大転換！ 藩主同士の賭け将棋に巻き込まれて…。天才棋士お香は十八歳。水戸の隠居と大暴れ！

娘十八人衆　将棋士お香 事件帖2

沖田正午［著］

御侠《おきゃん》なお香につけ文が。一方、指南先の大店の息子の拐かしを知ったお香は、弟子である黄門様の曾孫・梅白に相談するが、今度はお香が拐かされ…。シリーズ第2弾！

幼き真剣師　将棋士お香 事件帖3

沖田正午［著］

天才将棋士お香は町で大人相手に真剣師顔負けの賭け将棋で稼ぐ幼い三兄弟に出会う。その突然の失踪に隠された、とある藩の悪行とは!? 娘将棋士お香の大活躍！

千葉道場の鬼《おに》鉄《てつ》　時雨橋あじさい亭1

森 真沙子［著］

父は小野派一刀流の宗家、「着物はボロだが心は錦」の六尺二寸、天衣無縫の怪人。幕末を駆け抜けた鬼鉄こと山岡鉄太郎（鉄舟）の疾風怒涛の青春、シリーズ第1弾

隠密奉行 柘《つ》植《げ》長《なが》門《との》守《かみ》　松平定信の懐刀

藤 水名子［著］

江戸に戻った柘植長門守は、幕府の俊英・松平定信から密命を託される。伊賀を継ぐ忍び奉行が、幕府にはびこる悪を人知れず闇に葬る！ 新シリーズ第1弾！

地獄耳1　奥祐筆秘聞

和久田正明［著］

飛脚屋の居候は奥祐筆組頭・烏丸菊次郎の世を忍ぶ仮の姿だった。御家断絶必定の密書を巡る謎の仕掛人の真の目的は？ 菊次郎と〃地獄耳〃の仲間たちが悪を討つ！